奇怪的藍色炸雞

奇怪的邀請函 ❷

作者·朴賢淑 박현

이상한 초대장 2
파란 두건 치킨의 비밀

目次

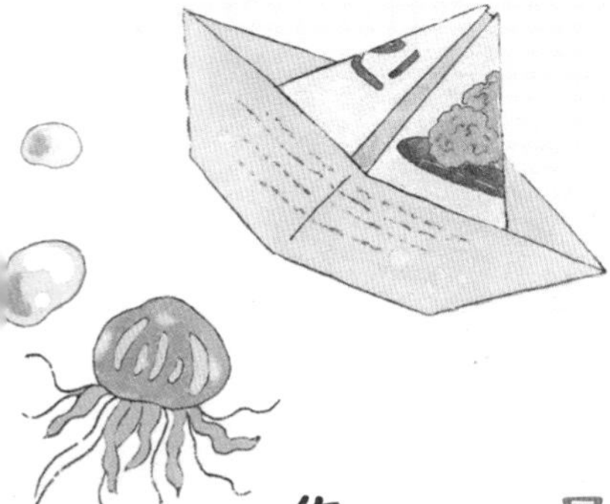

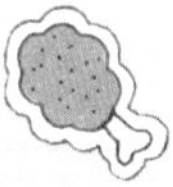

請實現吧！

三年前的某一天

願望呀，

奇怪的邀請函

可能是因爲梅雨季的關係，最近的天氣千變萬化捉摸不定，昨天還是站著不動也會流汗的炎熱天氣，今天卻颳起了潮濕的風。我從補習班走路回家時，即使縮緊脖子並仔細拉好防風外套的拉鍊，臉還是被吹得灼熱疼痛，感覺就像是我的臉被風抓過。

世燦約我在便利商店吃完炸雞再回家，我拒絕了他並馬上離開，但是現在卻滿心後悔，因為像這種颳大風的天氣，把雞腿加熱後吃起來一定很香。今天要不是媽媽有交代我要快點回家，不然我其實很想跟世燦一起去吃炸雞。

「不好意思，請問一下。」突然後腦勺傳來一個粗嗓門的聲音，那是有點沙啞撕裂的聲音。

我轉身一看，有一位頭很大、四方臉、胖嘟嘟的大叔正看著我，身穿黑色的連帽上衣搭配黑色褲子，粗壯的脖子完全露在外面，看起來相當冷，只是他戴著帽子，所以無法看清楚臉。

「水營公寓在哪裡？」

「這裡就是。」我猜大叔可能沒看到眼前的牆上，寫著水營公寓四個大大的字。

「原來我找對地方了，謝謝。」大叔稍微舉起手並看了一眼，就轉身離開了。

「好像是很懂流行的大叔。」我看著他寬大的後背

有點駝，一邊想著最近的流行色好像是黑色。常會看到路人都穿著黑色衣服，打開電視時歌手和演員也常是黑色衣服登場，我就這樣一邊

想一邊看著大叔的背影回家了。

「風吹得這麼大，應該很難踢足球吧？」我喃喃自語並抬頭望向天空，對這樣壓得低低的深灰色天空充滿了埋怨。

我上次暑假都在上足球課，原本這是可以把我過去練習培養而來的實力好好發揮的好機會。

「為什麼是足球？你又不是要成為足球選手，到底為什麼要花那麼貴的學費去上足球課呢？足球這種運動，在學校操場或公園的運動場不是也可以隨便踢？」媽媽反過來問我，認為與其去足球課，還不如把那筆錢拿去上英文課。

媽媽把足球想得很簡單，但是這絕對不是一個簡單的運動，還有一個重要的原因是世燦也在上足球課。那位足球教練平常是不隨便收學生的，這可是世燦特別去拜託教練，我才可以加入，而且我還是接連好幾天苦苦哀求媽媽，總算才獲得同意。

我欣賞世燦，他也重視我，因此我更加崇拜世燦。他不論做什麼都很厲害，人緣又很好，可以跟世燦成為朋友，我自傲到無法用言語表達。所以每當我跟世燦一起走在路上的時候，就會不自覺地抬頭挺胸，彷彿自己變成了世燦。

其實我曾經討厭過世燦，因為我直到二年級，依然還是個傻呼呼的小孩，而當時說我傻頭傻腦的人就是世燦。那時候我們一起參加小組活動，世燦因爲我不聽勸告，總是犯下相同錯誤才說我傻頭傻腦。

想起來我當時果然傻傻的，因爲我居然以為世燦是在說我好話，由於當時他是笑瞇瞇地告訴我，讓我以為那是稱讚。但是我回家後查了字典，明白傻頭傻腦是什麼意思之後哭了一整晚。

雖然當時是不懂事的二年級，但是聽到有人說我傻頭傻腦，我居然還笑得出來！真是傻頭傻腦得太過徹底了，我就是從那天開始討厭世燦的。

不過，後來在某件事情的契機下，我跟世燦開始變得親近，越瞭解他後越發現他其實是個很善良的同學。所以在跟世燦變成好朋友之後，我變得開始模仿他，當然我

傻頭傻腦

形容詞：意指性格平淡、說話含糊不清，甚是愚笨。

也知道即使我想全部模仿也仿效不來。

就在我快到家時，媽媽傳了一封簡訊過來，我因此立刻到便利商店買了胡椒，也順道買了零食。幾分鐘後當我拎著購物袋重新走出商店時，風吹得比剛才更大了。

「啊，真的好冷。」我趕緊飛奔跑回家。

「咦？那是什麼？」我衝進公寓，正準備加速跑進電梯時停了下來，因爲我家信箱裡插著一封白色信封。

「是廣告傳單嗎？」信封上並沒有寫我家的

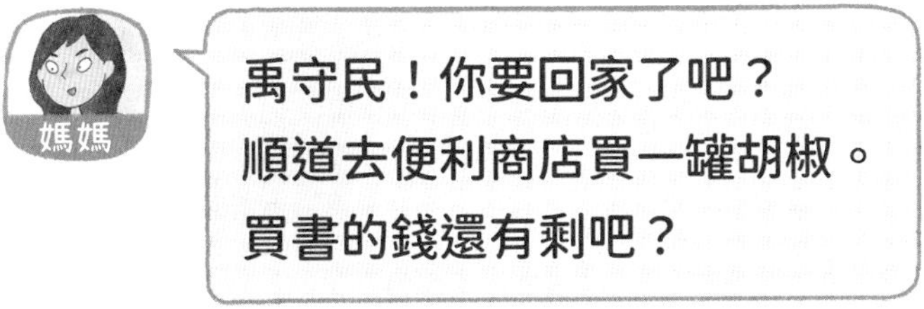
媽媽
禹守民！你要回家了吧？
順道去便利商店買一罐胡椒。
買書的錢還有剩吧？

103
304
603
804
104
403
604
903
203
404
703
904
704
1003
504
803
1004
24

地址，也沒寫收件人姓名。我心想如果是廣告傳單的話，不太可能直接放在我們家的信箱。

「這是要給媽媽的？還是爸爸？」我打開信封拿出裡面的信件，那是一張湛藍色的信紙。

「沒有寫是賣什麼的店？不過為什麼要在店內安裝販賣機呢？雖然不知道是什麼，直接在店內賣不就好了？」我仔細看了

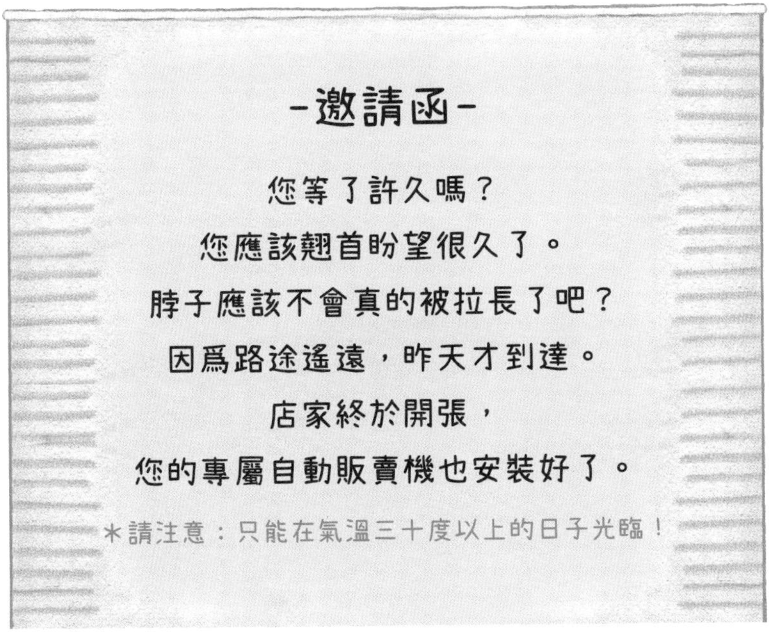

-邀請函-
您等了許久嗎？
您應該翹首盼望很久了。
脖子應該不會真的被拉長了吧？
因爲路途遙遠，昨天才到達。
店家終於開張，
您的專屬自動販賣機也安裝好了。
*請注意：只能在氣溫三十度以上的日子光臨！

店家地圖，原來就在學校附近，不過地圖上只有標註店家位置，並沒有寫上店名，於是我打電話給媽媽。

「媽媽，妳有翹首盼望某家店的開張嗎？」

「你在說什麼呀？你現在在哪了？快把胡椒買回來！哎呀，滿出來了。」轟隆！聽到鍋蓋落地的聲音後，媽媽就掛掉我的電話。

「嗯啊啊，為什麼？什麼？」於是我改成打電話給爸爸，但是接起電話的爸爸連話都說不清楚，看來今天店裡不忙，他正在打瞌睡。

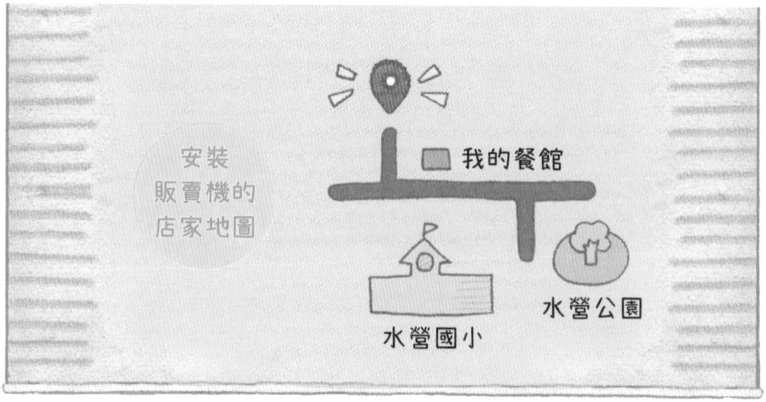

「爸爸，你是不是正在翹首盼望某家店的開張？」

「你說什麼？什麼翹首盼望什麼激動的這些話呀……守民呀，爸爸最激動的就是你出生那天，之後就再也沒有激動過了。媽媽今天說要熬湯，你快回去。」爸爸一說完，就馬上掛了電話。

「什麼呀？這真是封奇怪的邀請函。」我把湛藍色信紙再次裝入信封後，就放入退件箱了。

「胡椒呢？」我一走進玄關，媽媽就跑過來向我伸手索取。我立刻打開塑膠袋拿出了胡椒。

「你應該是要買胡椒粉才對，買胡椒籽是要怎麼用？拿回去換。」

媽媽說瓶子內裝的是圓滾滾的胡椒籽。

「現在外面的風大到不行，不能將就著用嗎？」

「你說的這是什麼話？快去換回來。」媽媽無情地說完之後，馬上轉身走開了。

可以磨碎後再用呀，為什麼就是不行？胡椒籽又不是什麼鐵塊？就在我一邊抱怨一邊從電梯走出來的時候。

「喔？」剛才被我放在退件箱的信封，又重新插在我家的信箱內了？

「我剛剛是放在退件箱吧？難道我放成信箱了？」我拿起白色信封，再次放到退件箱，這次我特意看了好幾眼「退件箱」的紅色字。

足球之神，世燦

我在吃早餐的時候，世燦傳來了簡訊。

我看到「大家應該都會嚇到」這句話時，心跳個不停，因此剛過九點我就出門了。風依然很大，嗚嗚的風聲在耳邊嗡嗡作響。

世燦果然很強，他迎著風跑即使風很大，傳球依然精準，他只要截住球就會傳給我，是讓給我把球射入球門的機會。

「嘿，禹守民！好好地踢！為什麼一直踢到這邊？如果踢進自己的球門該怎麼辦？」守門員景塗高聲地對我大喊。

太鬱悶了，並不是我把球往我們球門這邊踢，球是被風吹過去的。

「禹守民！」世燦再次把球傳給我，我帶著球跑起來。我前面一個人也沒有，這是把球踢入球門的最佳機會。但是偏偏就在這時候又颳起了風，不知道是幾級風，竟然把我的身

不能因爲說風大就不踢足球。
即使下暴雨，也是可以踢足球。

十點來體育公園的運動場。
今天你要好好展現一下實力。
大家應該都會被嚇到吧？

體吹得往旁邊傾斜。

「哎呀。」

「算了，不管了。」我心一橫，全身力量集中在右腳狠狠一踢。

「喔，喔喔喔……。」

飛上天空的球像中邪似的往我後方飛過去，而且那球還剛好落到鐘伍的腳前，他短暫露出不可思議的表情，就像在說「球來找我？現在發生什麼事情？」的疑問，不過他馬上帶球跑了起來。

嗡嗡作響的風就像在鐘伍背後推著他前進，也幫助球飛了起來，漂浮在空中的球如同弩箭離絃往球門射去。

「進球！」鐘伍蹦蹦跳跳的跑起來。

「禹守民，你到底為什麼那樣踢？把球傳給鐘伍是怎樣？你連我方、敵方都分不清嗎？」景塗滿臉憤怒地對我抱怨。

「我怎麼了？那是因爲風才會那樣！」

「不要把風當藉口，是實力不夠才會那樣。」景塗好像叫我不要再胡說似的嗤之以鼻回應。

「守民，我會幾乎快到對方球門再傳球給你，那是可以把球踢入球門的位置，因此你一定要在對方球門前好好等著。」世燦經過我身邊時，對我說道。

景塗把球踢得很高，可能是因爲踢得太高的關係，球無法往前飛，反而直接掉了下來，世燦快速接到落地的球後開始跑起來，我立刻竭盡全力地跑到對方球門前。

「守民！」世燦喊了我一聲，把球傳給我，球準確地落在我的右腳前，我一腳把球踢向球門。

「進球！」世燦大喊。

不可置信！我居然踢進了！

比賽最後踢成了平局，因爲有人必須去補習班，所以無法進行延長賽，實在太可惜了。

如果有延長賽的話，我們一定可以贏的！

「有看到禹守民射門嗎？實在太帥了。」世燦對我豎起了大拇指。

「呀，根本就是世燦你踢的吧！」景塗生氣地叨念著。

「不是！是守民穩穩接到球後，快速地射門。」世燦替我反駁，被稱為足球之神的世燦都這樣說了，景塗也就無法再多說什麼。

「我們去便利商店吃炸雞吧？」等大家都離開後，世燦問我。

於是我和世燦便一起走去便利商店。

「我真的很好奇，你為什麼這麼喜歡便利商店的炸雞？幾乎每天都吃。」我把炸雞放入微波爐時問道。

「我沒說過嗎？便利商店賣的炸雞是我爸公司做的，而我爸負責炸雞開發，他專門研究和開發新產品。就是因爲我爸跟炸雞朝夕相處，所以我就不知不覺變成這樣了。」

爸爸是炸雞開發者！居然有這種帥氣的職業，讓我好羨慕世燦。炸雞是人氣食品，在韓國應該沒人討厭炸雞，可能有許多人期待新產品的開發，那麼世燦的爸爸應該賺了不少錢。而我的爸爸則是一天連一個花盆都賣不出去的花店老闆，在這樣的比較之下，世燦爸爸顯得更加、更加的帥氣。

我們吃完炸雞後，就各自回家了。就在走回家的路上，突然有一台裝滿物品的手拉車檔住我的去路，車上的物品全用黑色的布和袋子包覆著。

咻咻！咻咻！我還聽到拉手拉車的人大口喘氣的聲音，即使如此手拉車還是絲毫沒有前進，持續在原地打轉，這讓我實在無法假裝沒看到走開，於是我咬緊牙關使勁的從後面幫忙推手拉車。

手拉車終於開始極度緩慢地往前進，我幫忙把手拉車推到穿越人行道之後，全身已經汗水直流，我心想連一句謝謝都不會說嗎？應該知道是後面有人幫忙推吧？

因爲手拉車上堆滿了物品，所以我沒有看到拖著手拉車的人，我只能呆呆地看著推得高高的物品，手拉車就這樣慢慢地鑽進巷內。

「啊，那邊應該是死巷吧？」

那條巷子內被一棟老舊的三層樓建築擋住，那棟房子裡住著一位修改衣服的老奶奶。原本一樓放置修改衣服的縫紉機，二樓和三樓是

文具
餐廳
TEL. 01-2
四年級
的
學用品
ice-c
美食

老奶奶和家人們的生活空間，但是聽說為了改建新的大樓，那裡很快就要被拆除，因此老奶奶和家人們在不久之前全搬家了。會知道的這麼清楚，是因爲我媽媽是這裡修改衣服的老顧客。

那輛往巷子內前進的手拉車，幾乎是以蝸牛的速度極其緩慢地前進，實在太讓人看不下去了。

我回到家發現家裡沒人，爸爸和媽媽似乎都去店裡了，我這才想起他們說今天是換花盆的日子，所以會特別忙。

我從冰箱拿出冰淇淋之後，就走回自己的房間，我一邊大口吃冰淇淋，一邊看網路節目「愛吃」，這位號稱世界上所有「吃的東西」

都愛的主持人，每週會更新兩次驚人的現場吃東西表演。

「沒有胃口的人、沒有食慾的人，通通靠過來。我會馬上讓大家有胃口、有食慾！」主持人每次節目一開始，就像以前賣麥芽糖的商人那樣說得有聲有色。而且主持人不只是大聲喊而已，節目下面超多的留言都說真的只要看過一次，胃口和食慾就通通回來了。

我比較喜歡一次看完兩輯，星期四上傳的影片是主持人介紹整條都是賣水餃的巷子。

「今天也請沒有胃口、沒有食慾的人都靠過來，我會讓大家馬上有胃口、有食慾！大家好，今天我要來吃吃看全國最好吃的市場水餃。還沒開始吃，我已經興奮到心跳加速了，我為什麼光想就這麼緊張呢？

好了，我現在身後的所有店家都是水餃店。」主持人稍微側身，指了指密密麻麻的水餃店，就在這時，有位莫名覺得眼熟的人快速走過去。

「咦？」我把臉靠近手機，主持人後面有一個穿著黑色襯衫搭配黑色褲子，頭上綁著藍色頭巾的人邊走邊東張西望，這人好像就是在公寓前向我問路的大叔！

奇怪的炸雞店

「不管氣候再怎樣異常，這樣也太嚴重了吧！好吧，也罷！氣溫是可能會超過三十度的。但是天氣不是應該有某程度的連貫性嗎？一天是炎熱的酷暑，隔天馬上是颳風下雨的冬季，到底是要怎麼穿衣服呀？難道韓國的四季就要消失了嗎？這都是因爲人們一直在破壞大自然才會變成這樣！哎呀，真的熱翻了。」爸爸原本在吃早餐，突然站起來走出客廳，翻找出遙控器打開冷氣。

「就是呀，今天得穿清涼一點。」媽媽也放下了湯匙，走出客廳。

我穿著無袖上衣出門了，雖然還是早晨，但陽光已經直射頭頂，感覺熱到就像要把腦袋炸開了。

「到底是怎麼一回事？昨天明明還在下大雨，今天就變這麼熱，實在太熱了。」水果店老闆娘在店門前一邊灑水一邊搖頭，眉頭深鎖看著那些她灑到地上的水，瞬間變成一縷縷熱氣飄浮上來。

我站在看得到校門口的人行道前，遠遠就看到世燦，我立刻跑向他，但世燦正呆呆地望著某個地方。

「你在看什麼？」我站在世燦旁邊問道。

「看那邊，那裡何時有了那個？」世燦的下巴指了指巷子內，他指的地方是那棟三層樓的房子，三樓屋頂新掛上一片炸雞招牌。

「這棟房子聽說要被拆掉了，因爲要蓋新大樓，所以原本住在那裡的人全都搬走了。」

「為什麼要在被拆掉的房子開店呢？」世燦問道。

「就是說呀！」

「會不會是超熱門的美食餐廳搬到這裡呢？不是有那種炸雞達人？因爲超級有自信，所以也敢在即將被拆掉的房子內開店營業，對吧？他們非常有信心在房子被拆掉之前，短時間之內可以賺到許多錢。真不知道這家炸雞味道如何？放學後我們去吃吃看吧！」世燦非常好奇那家店的炸雞味道。

食

藍色頭巾炸雞
修改
衣服
修改・洗衣

一整天待在悶熱的教室裡，根本就像用汗水在洗澡，到了放學時間，身體就像被完全浸濕的毛巾似的，根本不想動。

「我們去吃炸雞。」世燦一走出教室馬上對我提議。

「你有吃炸雞的錢嗎？便利商店的炸雞比較便宜，炸雞店的話應該很貴吧？」

「不用擔心！我爸曾說過不用節省吃炸雞的錢，他還說遇到新口味時，一定要去吃看看。我吃完之後再跟我爸分享就好了，因爲這對爸爸開發炸雞新產品是有幫助的。再加上我擁有絕對味覺，只要吃過就可以知道裡面用了哪些食材。」

說實話，我雖然也喜歡炸雞，但是像今天如此悶熱的天氣，比起炸雞我更想吃冰淇淋，或是可以咔滋咔滋咀嚼冰塊的刨冰。在教室內流了一天的汗，實在太辛苦了，我此時想吃冰淇淋或刨冰的念頭更加強烈，但是面對眼前對炸雞充滿興奮的世燦實在說不出口。

「天氣這樣熱，你不想吃炸雞吧？」世燦在穿越人行道時，突然問了我的想法。

「嗯？啊，沒有啦。」我的心思好像被看穿了，頓時感到慌亂。

「為了感謝你陪我吃炸雞，今天英語補習班不是有考試嗎？我來幫你。」聽到這句話，我突然笑出聲來，我的確很擔心考試。

打開藍色頭巾炸雞店門的瞬間，我嘴巴忍不住張得大大的。

「啊，大叔！」那位穿著黑色襯衫搭配黑色褲子，頭戴藍色頭巾的人正站在廚房內，沒想到那位大叔居然是炸雞店主人！

「在即將被拆掉的房子內開店，居然能夠這樣乾淨和高級，不可思議對吧？」世燦對我竊竊私語。

世燦說得沒錯，不論餐桌和椅子，還有掛在牆壁上的畫，乍看之下都很昂貴。

「有賣什麼炸雞？」世燦坐下來後問道。

大叔沒有回答，不要說回答了，就連轉身也沒有，大叔正在忙著把什麼東西放入煮得滾燙的湯鍋內。

「大叔！這裡有什麼炸雞？」世燦再次大聲問道。

「不要叫我大叔，叫我藍色頭巾。」大叔稍微嘆了口氣後，用沙啞的聲音回答。

「藍色頭巾先生，請告訴我們菜單。」世燦朝我聳聳肩後說。

「這裡只有一種而已，藍色頭巾炸雞，但是，今天不賣。」

「為什麼？還沒開始營業嗎？那要什麼時候開始營業？」

「重點不在於什麼時候開始營業。」藍色頭巾用勺子舀了些滾沸的湯，並嚐了嚐味道後才回答。

看似不太滿意口味的藍色頭巾，從水槽上方一整排的瓶子中，選出並打開了紅色瓶子，然後他把瓶內的東西倒了一大湯匙放入湯鍋。

「那麼，重點是什麼？」世燦問道。

「重點是炸雞不隨便賣給任何人，只能賣給有邀請函的人。你，

有收到邀請函嗎？」

「沒有。」世燦一臉莫名地搖了搖頭。

「我也沒有收到。」雖然大叔沒問我，我還是不自覺地主動回答。

「我現在非常忙，你們快回去吧！繼續這樣跟我說話的話，會妨礙我作醬汁。」藍色頭巾的聲音明顯充滿了不耐煩。

「開店做生意，還只賣給有收到邀請函的人？又不是什麼生日派對，還需要邀請函嗎？真的是奇怪的炸雞店，超奇怪！」我邊走出來邊嘮叨著，我原本因爲天氣太熱而不太想吃炸雞，現在對方不賣，我反而突然想吃了。

「不隨便賣任何人，就讓人更想吃。」世燦也跟我相同想法。

「我覺得呀……他一定不是什麼炸雞達人！一定是對做炸雞沒有自信的人，一下來太多客人的話，沒信心可以一次做出那麼多炸雞。因此才會說什麼邀請函那種奇怪的話，畢竟開店也是要花不少錢的，真的是無法理解這間店。」我壓低了聲音。

我跟世燦約好晚上在英語補習班見面後，就先各自回家了。當我走進公寓不久之後，又立刻注意到信箱有信。

「喔？那是什麼？」我家的信箱又插了一封白色的信？那封信我記得已經確確實實地放入退件箱了，怎麼會……正當我打算再次把信放入退件箱時，突然想到了什麼。

我快速抽出信封裡的信紙，再次確認上面寫的店址，沒錯！藍色頭巾炸雞店就是地圖上標的那個位置。

「所以這就是藍色頭巾說的邀請函嗎？咦，該不會？藍色頭巾怎麼會發邀請函給我？應該不可能，但是店址卻一樣。」

幫人實現願望的炸雞

我想也沒想就馬上拿著湛藍色信紙跑去找藍色頭巾，我氣喘吁吁但嘴巴卻像是被凍僵似的完全張不開。在我近距離注視他的時候，稍微嚇了一跳，因爲他的臉上長滿了皺紋，從額頭往下到鼻梁非常寬，雖然鼻樑這麼寬，但是鼻孔就像兩顆並列排放的黑豆那麼小。

而且藍色頭巾的眼睛特別大，如果說他的臉一半是鼻梁的話，那剩下的另一半就是眼睛了。眼睛不只是大而已還特別突出，當藍色頭

巾轉動眼球時，我不自覺地害怕到心臟砰砰直跳。

「嗯，這是我寄出的邀請函，沒錯。」看到湛藍色信紙後，藍色頭巾的臉上明顯露出開心的表情，他喃喃自語道「就是這張邀請函。」他的聲音甚至激動到發抖。

「但是，今天還是無法賣你炸雞。」藍色頭巾搖了搖頭。

「為什麼？」剛剛他不是才說只能賣給有收到邀請函的人，我原本打算外帶後拿給世燦的……。

「今天不行！你好好看一下邀請函，上面是不是有寫著只能在氣溫三十度以上的日子光臨。今天雖然超級熱，但是最高氣溫才二十九度，因此今天不行！」

「就只做一個給我也不行嗎？這很難嗎？氣溫和炸雞有什麼關係？說什麼沒有三十度不行？炸雞又不會自己站起來咯咯咯地走出去……」我話說到一半突然停住，因爲藍色頭巾的表情開始變了。

「炸雞確實不會咯咯咯地走出去，但是你這樣說真的很可怕。」

藍色頭巾叨念著。

「對吧？我也是這樣說了之後，才產生那種想法的！總之，請做一隻給我吧！好嗎？」我雙手合掌懇求道，因爲我好想把炸雞帶給世

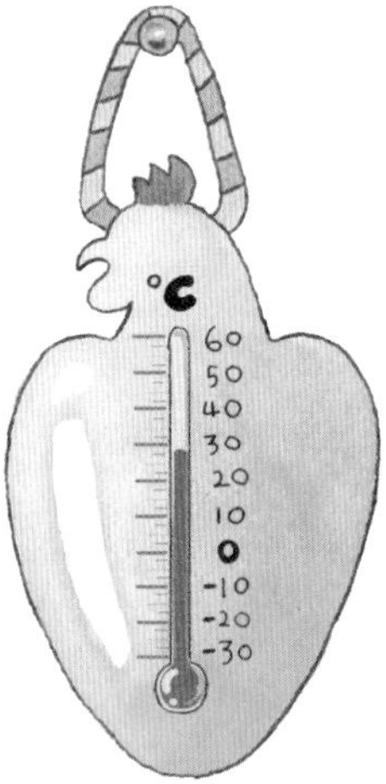

燦，讓他開心。

「看你這樣認真地拜託我，我也很想答應你，其實我很容易心軟、也很善良。但是並不是我想做就可以做得出來，因為氣溫不到三十度，販賣機就無法啟動。」藍色頭巾用下巴指向的位置擺著一台小販賣機，那是一台藍色的販賣機，上面有一個炸雞圖案。

「我做好炸雞後，想吃的人要用販賣機來購買，而可以讓機器啟動的人不是我，是三十度以上的氣溫。」

「你只要做好給我就好了，為什麼還要放入販賣機？」

「嗯，這是這間店的規則，就是這樣。總之，三十度以上你再來吧！」藍色頭巾冷淡地說完後就轉身離開了。

看今天來不論我怎樣懇求，他是絕對不會賣炸雞給我的。

「好，之後超過三十度的話，我再跟朋友一起來。」我邊說邊不由自主地嘆了口氣。

「朋友？千萬不能有跟朋友一起來的想法！只有收到邀請函的人才可以吃到炸雞，我明明說過的，你馬上就忘記了嗎？還有一件事情，你要牢牢記住，那就是你收到邀請函這件事情千萬要保密，絕對不可以跟任何人說，即使是最好的朋友也不行！知道了嗎？」

「咦？為什麼？」

「你的習慣不太好喔，以後不要再抬起下巴問人為什麼了。總之，我為了見你，吃許多苦才來到這裡，這些都是為了幫助你實現曾所許

廚房

過的願望！如果你無法保密的話，那就無法實現願望了。」

「為了我？藍色頭巾先生為了幫我實現願望才來這裡？為什麼？您認識我嗎？我應該不認識您吧？」而且願望本來就不容易實現，如果簡單就可以實現的話，那就不是願望了，更何況藍色頭巾看不出來可以幫助他人實現願望的超能力。

「你不是收到邀請函？有收到邀請函就表示我們認識。好了，你不要再問了，不管你還想問什麼，今天我絕對不會再說了！你就快回家吧！」藍色頭巾推了推我的背，催促我快走。

我回家的路上，不論怎麼想都覺得藍色頭巾是陌生人。會不會是爸爸媽媽認識藍色頭巾，但是不小心忘記了？媽媽很喜歡各種活動，因此只要一有機會都會參加，還會留下電話號碼和地址參加抽獎。說不定這是在某個活動被抽中才收到的邀請函？於是我立刻打電話問媽媽。

「你放學了?餐桌上有點心，你吃完之後再去補習班。媽媽現在正在換花盆很忙，知道了嗎?我先掛囉!」

明明打電話是我的人，但是媽媽卻說完想說的話後就要掛電話。

「媽媽，等一下!」

「怎麼了?」

「媽媽，妳知道藍色頭巾炸雞嗎?」

「藍色頭巾炸雞？新的炸雞店嗎？我不知道不過名字好特別，聽過一次就絕對不可能忘記。怎麼了？你想吃就去買吧！臥室的化妝台抽屜裡有錢。」

「不是，我只是想問媽媽是否知道藍色頭巾炸雞？」

「不知道！我幫你問一下爸爸？」媽媽問了正在身旁的爸爸是否知道藍色頭巾炸雞，爸爸果然也說不知道。

「爸爸也不知道。」媽媽說完就掛了電話。

「這樣說來，邀請函真的是寄給我的，為什麼我會收到藍色頭巾炸雞的邀請函呢？」

可能是我一直想著藍色頭巾炸雞的關係，慢慢地甚至連嘴裡也感覺有炸雞的味道了。

「他是叫我三十度以上再去吧？」我查了未來一週的天氣，可惜的是未來一週都沒有超過三十度的日子。

「拜託更熱點！我太好奇炸雞的味道了。」我雙手合掌，虔誠地祈求著。

世燦把英語考試可能會考到的單字整理給我，我只負責把他整理過的內容背得滾瓜爛熟。果然世燦很厲害，他整理的單字都有考。

「哇呀，對單字很不熟的禹守民今天是怎麼了？你今天確實地展現了世上沒有不可能的事情。」老師也被嚇到了。

「謝謝。」我真心對世燦表示感謝，他沒有回答，只是咧嘴一笑。

看到世燦的笑容，我突然想起以前的事情。

世燦一、二年級都是坐我隔壁，他從一年級就事事都厲害，但我在一年級的時候卻事事都做不好，坐在一起的我們就像兩個極端。

即使聽老師說過朋友不是用來比較的，但是當世燦被不停稱讚時，我的內心還是不自覺地畏縮起來。每堂課世燦不停舉手發言，我卻連一次也無法舉起手，當世燦自信地交作業時，我則在位置上把頭垂得低低的。

即使沒人故意去比較，還是被比較了，而且後來不知道是誰把這些事情告訴了媽媽。

「都怪我以為才一年級，還不需要送去補習。」從那天之後，我就開始在各家補習班來來去去。

真的太累也太難了，我甚至為了讓自己流鼻血而故意亂挖鼻孔，因爲流鼻血的話，就可以請假不用去補習班了。

「世燦呢？」媽媽時常把這句話掛在嘴邊，每當問我在學校的事情，比起我，還更想知道關於世燦的事情。

如果我只是爬來爬去的小孩，世燦就是翩翩起舞的孩子，不論我爬得多快，都不可能跟得上世燦的腳步，媽媽依然每天問我「世燦呢？」不過即使如此，在我被說是傻頭傻腦的孩子之前，我都沒有討厭世燦，我會開始討厭他是因爲他說我傻頭傻腦。被比較並不會使我自尊心受傷，但知道對方看不起自己時自尊心就受傷了。

我原本以為會永遠討厭世燦，不過寶美事件之後，我又開始欣賞世燦了，因此現在我們才會成為親密好友。

世燦在一起經歷寶美事件後，有跟我道歉，他還告訴我在講了傻頭傻腦這句話後，他心中非常後悔。這就是我欣賞世燦，想永遠和他當好朋友的原因。

「可是……」我現在明明有收到邀請函，卻要假裝沒事的保密，光想就覺得良心過意不去。

「藍色頭巾說可以幫我實現的願望到底是什麼？」我本人都不知道自己的願望，藍色頭巾又是如何知道的？

世燦呢？
哈哈哈
守民

「該不會是要詐騙吧？」我突然冒出可怕的想法。

「不可能！我家又不是有錢人。」越想越感覺走進了一個很複雜的迷宮。

「首先我得想起自己許過的願望，等到超過三十度的時候，藍色頭巾應該就會告訴我了吧？居然要問別人自己的願望是什麼，真的很搞笑。總之他有可能因為我不配合就永遠不告訴我，在我知道願望是什麼之前，必須先對世燦保密才行。」雖然這樣對好朋友很不好意思，但好像沒其他更好的方法。

無法說出的口的秘密

我呆呆地望著嘩啦嘩啦下個不停的雨，今天已經是第三天了，連續三天都在下雨，氣溫也因此稍微下降。

即使是下雨天，我還是會去藍色頭巾炸雞店所在的巷子附近徘徊，但是店裡沒開燈，室內看起來暗暗的，甚至連個人影都沒有。

「再這樣下去，藍色頭巾會不會連一隻雞都無法賣出去，就這樣關門大吉了？這棟房子有可能不到九月就會被拆除！那就徹底玩完了，我永遠都無法知道自己的願望是什麼！明明有那麼多房屋，為什麼偏偏選在這裡開店呢？」我埋怨起藍色頭巾。

「可以沒有邀請函也能吃到的炸雞方法嗎？」世燦每天都在唱藍色頭巾炸雞之歌，而且他還跟他爸爸說了藍色頭巾炸雞的事情，他爸爸告訴他不論多貴都一定要吃看看。

世燦每次這樣問的時候，我的喉嚨就感到發癢，好想告訴他其實我有收到邀請函，一直忍住不能說真的太痛苦了！同時我也因此對他感到無比抱歉！真的想快點知道我的願望是什麼，然後一口氣把所有事情通通告訴世燦。

「拜託再更熱吧！熱到可以用汗水洗澡的程度。」我望向窗外，虔誠地祈禱著。

就在這時候，有人稍微抓了抓我的脖子，抬頭一看原來是鐘伍。他用盡可能不被別人看到的方式偷偷摸摸走過來，然後拉住我的手就直接往廁所方向走。鐘伍看起來並不像是要找我一起去小便，果然一走進廁所，他就用嚴肅的表情說話了。

「那個世燦……他有上一對一的足球課吧？聽說是跟那位前國家隊代表選手學的？世燦是很會足球，但是也踢得太好了吧？他的程度絕對不可能是在社團學的吧？禹守民，你告訴我！世燦是跟誰學踢足球？」

「我也不知道。」我說謊了，我默默地避開鐘伍的眼光。

「你明明就知道吧？你跟世燦是最好的朋友，哪可能不知道？」

「嗯，我真的不知道，而且我對足球不感興趣。」我再次說謊了，因爲世燦有要我保守這個秘密。

「我知道你對足球不感興趣，如果你喜歡足球的話，就不會踢成那樣了！我知道你是因爲世燦約你一起踢足球，你才不得不一起來玩，但是你跟世燦很好吧？他應該會什麼事都跟你說！他到底是在哪裡跟誰學的呢？拜託你告訴我吧！我的夢想是成為國家代表選手，韓國世界盃最棒的成績是進入四強吧？我的目標是奪取世界盃冠軍！」

我偷瞄了一眼鐘伍，他是有什麼本事可以率隊奪冠？世燦的話或許還有可能。

水龍頭
一定要關好
上完廁所後
要洗手

「到底是誰？我也想學習世燦的踢球技巧。」

「吳鐘伍……」我睜大眼睛看著鐘伍說道。

「嗯，好，你說吧。」鐘伍用力吞了口水後，使勁地盯著我看。

「我爸在看世界盃轉播時，我也在旁邊一起看了。代表團隊看起來真的超帥氣，不過因爲我對足球不感興趣，所以我根本不認識國家代表選手，以前的國手不認識，現在的也不認識。」

「啊，怎麼可能？」

「就是有可能。」我說完之後，馬上走出廁所。

鐘伍常常跟大家說自己跟世燦是競爭對手，在我看來他們絕對不是！因爲競爭對手通常是指兩個實力差不多的人，但是鐘伍和世燦的實力相差太多了，國家代表選手這詞用在世燦身上更適合。

還有鐘伍的成績、人際關係都不如世燦！啊，他有一點比世燦強！那就是自以為是，鐘伍是自以為是的大魔王，他應該是想要足球踢得比世燦強，好讓自己看起來了不起。

「世燦叫你不要說的吧？他說你傻頭傻腦，你自尊心不會受傷嗎？」鐘伍跟著我，突然莫名其妙地提起以前的事情，因為二年級的時候，鐘伍、我和世燦是同一個學習小組成員。

我假裝沒有聽到。

「我知道你為什麼即使被說傻頭傻腦之後，還依然會跟世燦形影不離。」鐘伍稍微貼近我，靠在我耳邊小聲說。

我的心臟「咚」地一聲往下掉，鐘伍是說他知道那件事情嗎？天呀，該不會……那件事情應該只有我跟世燦知道，世燦發誓說到死都會幫我保守祕密的。

「喔，禹守民，你的眼球快掉出來了，看起來完全被嚇到了。」

「誰被嚇到了？我一點也沒被嚇到。」我深深地吸了口氣後，盡力鎮定地說。我相信世燦是會保守祕密的人，只要他沒說出去，那件事情絕對不可能被傳出去！鐘伍一定是太生氣，才隨口那樣說。

「哎喲，你，嚇到了吧？」鐘伍瞇著眼睛說。

我直接轉身走回教室，不論他怎麼試探都沒用的，因爲我相信世燦，而且是深信不疑的信任。

我想起二年級的那天，也跟今天一樣嘩啦嘩啦下著大雨。早上到學校時還有點太陽，不過第一節課剛開始，天空馬上雷電交加的下起大雨。

如果你問我是比較害怕鬼怪，還是更害怕打雷聲，我會毫不猶豫地回答是打雷聲。如果你又問我是害怕會吃人的怪物，還是更害怕打雷聲，我還是一樣會回答是打雷聲，因為我真的非常害怕雷聲。

那天的雷聲像是要把整個學校吞噬掉，我怕得連廁所都不敢去，全身直發抖。因為我一直憋尿，結果肚子就像吹氣球似的鼓脹，但即使如此，我還是因爲恐懼而無法去上廁所。

我雖然用手捏著肚子憋尿，但還是不小心尿了一些出來，不過幸運的是因爲尿溼的感覺讓我有被嚇到，所以又更加努力收緊肚子，終於再次憋住強烈的尿意。如今回想，依然覺得自己的忍耐力不可思議，竟然能夠憋這麼久。而且那天如果我在位置上全部尿下去的話，就真的糗大了！

可能被自己嚇到的關係吧？我記得後來居然再也沒有尿意了，但是褲子已經尿濕了，就在我不知道該如何是好的時候，突然發現前排椅子上掛著一個袋子，裡面正好有體育褲。於是我等到午餐時間，當同學們都紛紛走去餐廳後，我趁機偷走了那件體育褲，並且馬上跑去廁所。

等我換好並且把濕掉的褲子捲起來，正要走出廁所的時候，世燦剛好在外面洗手。

世燦把我從頭到腳看過一遍，然後又看了看被捲起來的褲子。

為什麼偏偏被世燦發現呢？我一下子不知道該如何是好，只能把頭壓得低低的。

「你進去一下。」世燦邊說邊把我推到廁所最內側的那一間，不久之後他拿了一把剪刀進來。

「這裡寫著大大的金寶美三個字！」世燦邊說邊用剪刀把繡著金寶美的線一條條剪斷。

「我也曾犯過錯，像這種程度的錯誤，大家都可能發生。」世燦安慰我說這不是什麼丟臉的事情。

那天我記得世燦守口如瓶，而寶美哭哭啼啼地鬧了一場，因為她說放學後要去打羽毛球，才帶體育褲來的，沒想到居然不見了。

隔天，我把寶美的體育褲洗乾淨之後，偷偷放在她的椅子上。

「這是誰的體育褲呀？為什麼放這裡？我的有寫我的名字，那是我媽用紅線一針針繡上去的。」寶美沒有認出那是她被拆掉名字的體育褲，結果它就這樣一直寂寞孤單的放在失物招領箱。

世燦跟我說他一定會保守秘密，叫我不用擔心，因此我和他在寶美體育褲事件後變得親近，我們關係變好之後，我發現他真的是個好人，甚至讓我覺得自己只因爲他說我傻頭傻腦就討厭他，反而對他很不好意思。

寶美

「禹守民，我說過你傻頭傻腦，實在對不起。」世燦再次真心地跟我道歉。他說當時小組活動時，因爲太過煩躁才說了不該說的話。

當世燦這樣跟我解釋的時候，我看到他背上有一對翩翩起舞的翅膀，那是一對天使才有的翅膀。

藍色頭巾炸雞

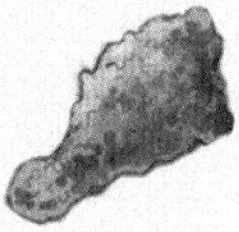

天空看起來湛藍且開闊，今天一朵雲都沒有，就好像昨天根本沒下過雨，太陽也從早上開始熱得滾燙，我趕緊上網查氣溫。

「最高氣溫是三十二度，太好了！今天可以吃到了！」我馬上就起床隨便梳洗並吃完早餐後就馬上出門。

我提早來到藍色頭巾炸雞店所在的巷子，但是在外面等了許久，雖然我很想快點打開那扇緊閉的門，走進店裡立刻詢問藍色頭巾之前說我許過的願望到底是什麼。

但是時間過得極為緩慢，一小時慢得像十小時，結果到了上學時間都還沒開門，我只好先去上學了。

放學時世燦和我一起走出校門，我吃著世燦買給我的冰淇淋，今天他好像有點捨不得跟我分開，他一直陪我走到我家公寓門前。我們站在門口又稍微聊了一會，世燦才走向商店拐彎處，往他家方向走。

我也順著那條路跑去藍色頭巾炸雞店，才走進巷子一股香味就直撲鼻尖，我忍不住流出了口水。

藍色頭巾炸雞店的門緊閉，即使推也推不開。

請把邀請函的號碼靠近門把。

「已經三十二度了，為什麼門打不開？」我用力拍打門，甚至搖動門把。

「那是什麼？」我突然看到門旁邊貼著一張紙。

我從包包內撈出那張皺巴巴的邀請函，信封最下面寫著數字「一零零二」。

我試著把寫著數字的部分靠向門把，真的就聽到噠噠的解鎖聲，這次我輕輕一推，門就打開了。

咔嚓，我一走進店內，門就自動關了起來。

藍色頭巾背對我，站在廚房水槽前認真地做著什麼，水槽上方的櫃子整齊排放著各種顏色的瓶子，他依序慢慢地一個個拿起來，各種顏色的瓶子內裝著五彩繽紛的粉末。

藍色頭巾把這些粉末慢慢地、一點點地放入煮得沸騰的湯鍋內，然後他把火轉小，低頭在水槽最下面的櫃子內翻找東西。

不久之後，藍色頭巾從裡面拿出一個藍色袋子，他從袋內拿出什麼後一起放入湯鍋，接著藍色頭巾就用長長的木勺，仔細以繞圈圈的方式攪拌湯鍋，細心的攪拌一次又一次。

「啊？你來了。」好像在找什麼而東張西望的藍色頭巾終於發現我了。

「超過三十二度了。」

「我知道！我不是開店了嗎？你是用邀請函上的號碼進來的吧？

我正在做藍色頭巾炸雞。」藍色頭巾邊搖動木勺邊說，藍色液體從木勺上流到地板。

「那是什麼？」我因爲跟世燦很好，所以幾乎吃過所有新品炸雞，市面上各種醬汁多得數不清，但是我從來沒有看過藍色醬汁。

「好，做好了！你去販賣機那邊把邀請函號碼靠在炸雞圖案上。」藍色頭巾對我說道。

我把邀請函號碼靠向販賣機，先是聽到咻咻呼呼的聲音，接著馬上發出砰地一聲，好像有什麼重物掉下來。

我打開販賣機下方的蓋子，就看到一盆熱騰騰的炸雞，心想這也太神奇，藍色頭巾明明沒有走近販賣機，但是他做的炸雞卻瞬間移動到

販賣機裡了！這根本是最厲害的自動化系統吧！

「用邀請函上的號碼進入店內以及使用販賣機，這樣一來絕對不會發生錯誤。也就是一定要收到邀請函的人，才可以吃到炸雞。」藍色頭巾說道。

盤子上堆滿淋上藍色醬汁的炸雞，藍色炸雞像是抹上亮光漆似的，散發出亮晶晶的光澤，只是藍色的食物看起來並不美味。

「吃吃看。」藍色頭巾把筷子遞給我。

我夾起最上面的一塊炸雞，輕輕咬了一口，同時感受到香脆的麵皮和香嫩多汁的雞肉在口中散開，炸雞跟外表截然不同，吃起來香香甜甜的，甘甜的同時又很爽口。

我像著魔似的開始吃個不停，而且越吃越覺得順口和美味，原本滿滿一盤的炸雞竟然不知不覺中全吃光了，而且我還想繼續吃。

「味道如何？」

「太好吃了！」

「幸好有合你的口味。」

「這個盤子好特別喔！」

「那個……不是盤子，不，也算是吧……既然用來裝炸雞，也可以叫做盤子，只是原本不是盤子，那是非常高貴和重要的東西。」藍色頭巾這樣說的時候，表情十分真誠。

到底是不是盤子，我已經搞糊塗了，到底那個盤子為什麼很重要呢？在廚房東張西望的我，突然瞄到掛在牆上的鏡子，裡面的自己讓我徹底呆住了。

我不由自主地睜大了眼睛，我的嘴唇是藍色的！而且還不只是藍色而已，是深藍色！是不是因爲沾到藍色醬汁？我試著用手背擦拭嘴唇，但是那個藍色依然沒有消失，即使我再用力擦也都沒脫落。

「我，我，我的嘴巴為什麼會這樣？為什麼擦不掉？那個醬汁是什麼奇怪的東西？」我慌張地望向藍色頭巾。

「不用感到驚慌，這是你確實有收到邀請函的證據！沒收到邀請函的人即使吃了藍色頭巾炸雞，嘴巴也不會變成藍色。等你的願望實現之後，藍色就會自動消失不見了。你的願望是什麼呢？你必須先想起來，這樣才能夠實現願望。」

「我怎可能知道是什麼？」我就是因爲想知道，才會對世燦保密，獨自一人來藍色頭巾炸雞店。

「你說不知道？你不知道自己許過的願望？你是那樣地虔誠地許願？正因爲你非常渴望，我才會來到這裡。」

「我是真的想不起來！你就直接告訴我吧！」

「我也不知道！」

「藍色頭巾先生也不知道？那我的嘴巴怎麼辦？如果我想不起來願望是什麼的話，我的嘴巴就一輩子都這樣嗎？」我擔心得心臟咚咚跳個不停。

「呀，你讀一下這個。」藍色頭巾指了指貼在牆壁上的一張紙。

實現願望的方法

1.在吃完五次藍色頭巾炸雞之前，
一定要想起自己曾經懇求的願望是什麼。
2.想起願望之後，就可以實現願望，當願望實現之後，
變成藍色的嘴唇就會恢復原狀。

＊極為重要的注意事項＊
如果偷偷把把炸雞帶出店外跟其他人分享的話，
願望就絕對、絕對不可能實現。
如此一來，嘴唇一輩子都只能是藍色！
如果覺得這一生嘴唇都是藍色也沒關係的人，
偷偷把炸雞帶出去跟他人分享也沒關係！

＊＊更加重要的注意事項＊＊
在這裡發生的事情絕對要保密。

願望紙船

我原本打算偷偷帶炸雞給世燦的，看來是不可能了。

「不用太擔心，你一定可以想起願望。」藍色頭巾從容地說。

「萬一我就是想不起來呢？」

「不要太心急！又不是只有今天能吃炸雞，對吧？人類不是有大腦嗎？腦中有一個地方專門用來管理記憶，每次吃炸雞的時候，也會在那裡產生催化的作用，記憶迴路會開始啟動。未來某一瞬間你就會突然想起來，當你發現就是這願望的那個瞬間，你的願望就實現了。」

聽到藍色頭巾這麼說，我原本慌亂的心稍微穩定下來了。

「不過你還需要天氣的幫忙，氣

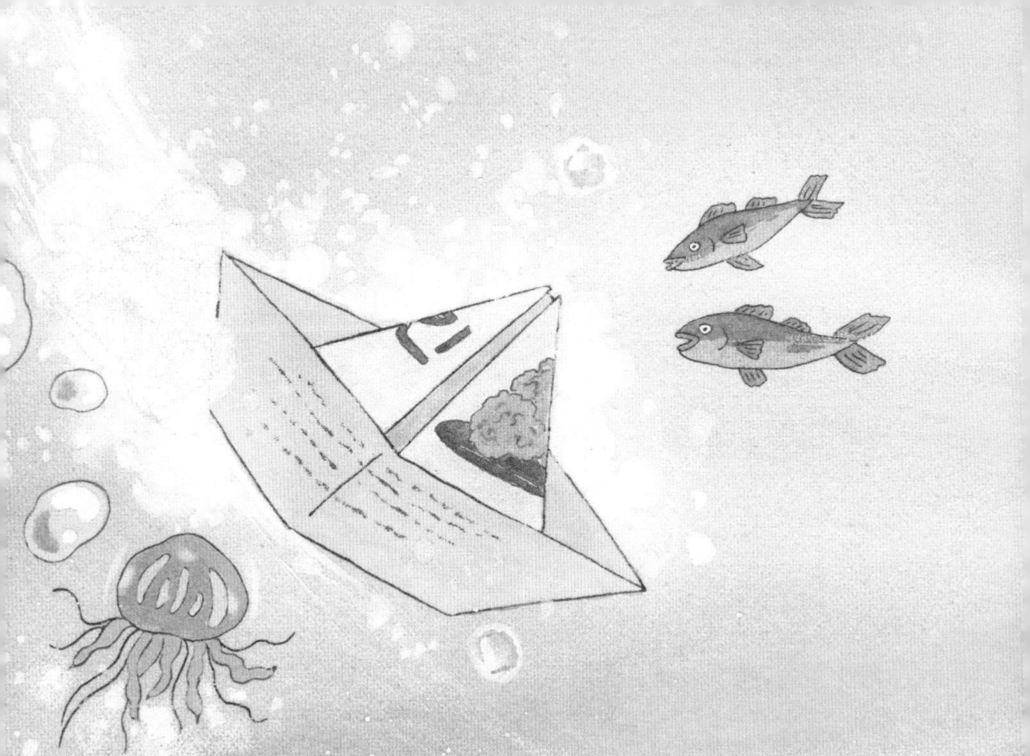

溫一定要超過三十度！我非常虔誠地希望天氣可以好好幫忙我們，只要足夠虔誠就一定會實現的。你知道從我居住的村落到這裡花了多久的時間嗎？差不多要三年！也就是寫著你願望的那艘紙船，正好是三年前到達我們村落！我雖然一路上很辛苦卻非常開心，我很開心可以來到這裡。」藍色頭巾雙手環抱，看著外面說道，今天他的脖子看起來更短、背也更彎曲了。

「紙船？」

「那是一條摺得相當棒的願望紙船！可以摺得那麼牢固，可見手藝很棒喔！也是因爲足夠牢固，才能夠飄洋過海來到我的村落。」

「喔！」這時候我的腦中突然想起了什麼，我在一、二年級的時候，非常喜歡用紙摺出什麼，當然也摺了許多紙船。對！我在摺紙船前，先在紙上寫下願望，因爲童話故事有說過，可以透過紙船或紙飛機把願望送往遠方，那個願望就會實現，所以我才會那麼做，我腦中出現把紙船放到河上的畫面。

「你想起來了？」藍色頭巾問道。

「對，我有在紙船上寫下願望。」

「想起來願望是什麼了？」

「可是……」我目不轉睛地看著藍色頭巾。

「可是？」

「我不知道被藍色頭巾先生收到的紙船上寫的是哪一個願望，因爲當時我摺了好幾條紙船，每條紙船上的願望都不同。」

「天呀！你願望有這麼多喔？不過這也有可能，應該是其中一艘，你最希望實現願望的紙船到我這邊了。你現在就已經想到這麼多事情，看來在吃完五次炸雞之前，你一定可以想起願望是什麼的！好了，你快回家吧！我也趕快要來做醬汁了，明天大概也會超過三十度。」

我很忙因為我就是動作慢，所以不論我再怎麼趕工，都還是會花很多時間。」藍色頭巾伸了伸懶腰後，就轉身去忙了。

「我還是很好奇！你到底是誰？」我看著藍色頭巾的上衣問道。因為他的背影圓厚寬大，陽光灑在上面顯得耀眼奪目。從正面看過去明明是一件普通的衣服，但是從後面看過去，就好像穿了一件鎧甲。

「啊，這個……原來我還沒有告訴你喔？我年紀大後常常忘東忘西，有時候我甚至會連自己的名字和年齡都搞不清楚了。」藍色頭巾做出假裝用拳頭敲自己腦袋的動作。

「原本我的身體是綠色，隨著年齡越大，我身體的顏色也越深，即使變成了藍色也繼續活著。我猜當自己身體變成灰色的時候，我應該也是可以繼續活下去……只是未來我會變成怎樣就不清楚了！畢竟我們誰都無法預測明天會發生什麼事情，像是現代的補漁網已經可以到達海底深處了。還有奇怪的黑色沉澱物，也是不分日夜的源源不絕流進海裡。」藍色頭巾的表情越講越陰沉，接著沉默了片刻。

「我是來自又遠又深的海底願望村的願望烏龜。我是烏龜！」藍色頭巾用力地說。

「什麼？」我嚇得張大嘴巴。

聽他這樣一說，藍色頭巾確實長得很像烏龜。

「真的好遠，我為了到這裡，差不多把幾百年來累積的力量都用完了。因爲比起在海底游泳，在陸地上走路實在太累了！而且我還帶了許多行李，像是那台販賣機，都是從願望村搬過來的。」

「你真的是烏龜？烏龜可以說話，還可以做炸雞？」不知道是真是假，我實在無法相信這些話。

「你……」藍色頭巾彎下腰，盯著我的眼睛。

「你知道為了取得兔肝走向陸地的烏龜嗎？」

「知道！只要是國小學生應該沒人不知道那個故事！因為生病的龍王需要吃到兔肝才能活命，烏龜才那麼做。」我充滿自信地說。

「我就是那烏龜的後代子孫。」

「不可能！」藍色頭巾居然會是傳說故事裡的烏龜後代子孫？實在令人難以置信。

「我的曾祖父就是為了找尋兔肝，而冒險走上陸地的忠心耿耿烏龜，結果很可惜的是反而陷入兔子的圈套，沒有順利取得兔肝。」

藍色頭巾是沒說錯，可是與其說是被兔子騙了，更應該說是烏龜愚笨才正確吧？居然會相信可以從身體取出肝來曬的這種話。

「不過即使如此，龍王念在曾祖父一片忠心，還是賞賜了非常多金銀財寶。可是眾多金銀財寶在海底也毫無用處，於是曾祖父就一次次、一點點的運到陸地上，分給需要的人們，像是生病卻缺錢買藥的人、肚子餓但是沒錢可買食物的人、甚至不論冷暖都沒衣服可穿的人，他就這樣默默地幫助了許多不幸的人。」

我還以為只是愚笨的烏龜而已，原來是超級善良的烏龜。

「就這樣曾祖父了解到幫助他人達成所願，是一件非常開心的事情，他也把這份快樂之心教給子孫們。或許是因爲曾祖父的心非常真切，於是我們都擁有了特別的能力——幫助人們實現願望的能力。從以前到現在，我們已經幫助人們實現了許多願望，不過如今感覺這事情快做不下去了……」

「為什麼？」

「人們為了抓烏龜，殺死了許多願望烏龜！還有烏龜是因爲越來越髒的海水而生病過世，也就是說我現在處於不知何時會死掉的環境！說不定這次會是我最後的旅行。」藍色頭巾的表情很傷心，看起來不像是在說謊。

「是……真的嗎？」

「你指哪件事情？」

「你剛剛說的所有事情。」我的內心不停地產生懷疑。

「你知道這個盤子是什麼嗎？這是在我們村落出生長大，幫助人們實現願望的烏龜龜殼，為了幫助人們實現願望，而來到陸地的烏龜們死去之後，遺留下的龜殼，讓之後要去陸地的烏龜在緊要關頭時可以拿出來使用。好了，我的故事都說完了，你快回去吧！」

我被藍色頭巾推著走到外面，突然看到無邊無際的晴朗高空，以及感覺要烤熟世界所有東西的酷熱陽光，感覺自己剛剛好似做了一場夢。

我為了確認嘴唇，從口袋拿出手機打開自拍鏡頭。

「啊，怎麼辦！」這一切都不是夢，因爲我的嘴唇超級藍，即使用手去擦，藍色依然存在。

「三年前的話，我是讀二年級，那時候我是渴望什麼？還那樣誠懇地去祈求？」我的胸口像是被什麼堵住似的，悶得慌。

世燦的失誤

「你的嘴唇為什麼會這樣？沾到顏料嗎？快擦乾淨吧！」世燦盯著我的嘴唇說道。

「啊，這不是顏料，這，這個是……色素，對，這是色素！我吃到沾滿藍色色素的東西。」我說話結巴，聲音不停發抖。

「你是吃到什麼？我爸有說過要特別小心有色素的食物，如果是對身體不好的成分該怎辦？」世燦愁眉苦臉。

「對身體不好的成分？會不會吃了那種色素之後，就會死掉？」

「不，不是，不是會死掉……只是不好的東西持續在體內累積會很不好！不管是什麼，都不會一次就馬上變壞的，對吧？都是慢慢地累積、慢慢地變壞。禹守民，你之後多注意就沒事。雖然不知道是什麼，不過你只吃過一次，對吧？」

「嗯？啊，只吃過一次而已。」我點頭，但是憂愁如海浪般襲來，我目前是只吃過一次沒錯，但是我還必須再吃四次。

「應該擦得掉吧？藍色頭巾會不會騙我？如果繼續吃，藍色越來越深該怎麼辦？還是我乾脆跟世燦說出實情？他很聰明，說不定可以告訴我該怎樣做。」我邊想邊搖頭，我必須保守秘密，萬一秘密就這樣被散播出去，我的嘴唇永遠無法恢復原貌的話，就大事不妙了。

「好想快點再次吃到炸雞，想起我的願望是什麼！願望實現之後，我的嘴唇顏色也會恢復正常的。」

但是天氣又開始反覆無常，雨下個不停，氣溫因此跟著下降。

今天早上吃早餐的時候，媽媽告訴爸爸一件驚人的事情。

「那棟我去修改衣服的三層樓呀，聽說之後會改建成十層樓！最近那些高級建築的外觀材質都是用玻璃，聽說那棟也會那樣，還聽說因爲設計圖做得很詳細，才會到現在都還沒有拆除，不過確定九月就會拆掉並馬上動工了。如果能在那棟建築的一樓開花店就太好了，雖然位置是在巷子裡，不過也算在學校對面，應該會有人潮。」

「如果是高級建築的話，應該會超級貴，我們哪有什麼能力可以進駐呢？」爸爸無奈地說道。

我聽到九月那棟三層樓建築就要被拆掉時，我的心立刻沉了下來，三層樓建築被拆的話，藍色頭巾炸雞店也會跟著消失。在九月之前，應該還會有氣溫超過三十度的日子吧？

「拜託明天快點熱起來！請一定要超過三十度以上！」我坐在英語補習班看向窗外認真地祈求，只是越祈求，好像原本陰沉的天空卻更加昏暗了，彷彿故意在氣我的感覺。

「禹守民。」世燦走到我身旁。

米

「你在擔心嘴唇嗎？不用太擔心，一定可以擦掉的。」世燦為了讓我安心，輕輕地拍了拍我的背。

「你因爲擔心嘴唇，應該沒做英語練習吧？聽說今天上課前要先考試，如果你考不好，應該會更傷心吧？我挑出可能會考的重點告訴你吧。」世燦從今天要上課的課文裡挑出十個單字後抄給我。

「世燦這麼善良，我居然欺瞞他。」世燦真的很善良，就像有著天使翅膀，我在內心深處不斷跟世燦說對不起，而且我下定決心等這件事情結束之後，我一定要加倍對他好。

「咦？」英語考試結束後，我看到分數的瞬間嚇得快昏過去，十題只寫對三題。

「這是怎麼一回事？」我看向世燦，他一臉受到重創的表情。

「該不會世燦也是只對三題？天呀，不可能！」

英語課下課後，世燦還沒站起來，他說雙腿無力無法站起來。

「哪裡不舒服嗎？要不要我打電話給你媽媽？」我緊張又擔心。

「不行！不要打電話！」世燦大喊道，那音量大到讓我嚇一跳。

我就這樣一句話也沒說，安靜地坐在世燦身旁。直到下一堂課的學生們陸續走了進來，世燦才站了起來，我扶著他走出教室。

「對不起。」走出補習班後，世燦對我說。

「今天考試只答對三題吧？我不是故意的。」

我看著世燦，沒想到他居然也只答對三個！怎麼可能！

「真的很奇怪，我都知道那些單字的意思，但是為什麼會寫下這種莫名其妙的答案呢？該怎麼辦才好？媽媽看到今天的考卷一定會問我為什麼……。」世燦顫抖著肩膀哭了好一陣子。

我想好好安慰他，但是一時間想不出該怎麼安慰比較好。我原本就成績不好，所以我不知道世燦現在是怎樣的心情，不能夠瞭解對方的心情，不知道如何安慰，所以我只能默默地站在世燦身邊，這次換我輕輕地拍了拍他的肩膀。

「看到分數的時候，像從五千米的懸崖上掉下來。」世燦哭完後說道。

五千米是多高，我實在沒概念，世燦就這樣低垂著肩膀回家了，我呆呆地看著他的背影，心想著世燦為我做了這麼多事，我卻什麼忙也幫不上，真的很對不起。

「世燦。」我喊住他，然後跑過去把我的手輕放在他的肩膀上。

「每個人都會犯錯的！加油！」我看著世燦，握緊拳頭的另一隻手舉得高高的。

世燦含著眼淚笑出來，我的心情跟著變好了，我也算是安慰到世燦了。

協尋毛夥伴

世燦很奇怪

老師在數學課要世燦回答問題，可是他卻跟平時不一樣，說出奇怪的答案，同學們聽了哄堂大笑。

世燦的臉馬上紅了起來，開始一直低頭咬著手指甲。

「我為什麼會這樣？」數學下課後，世燦低著頭哭泣。

「會不會世燦哪裡不舒服？」我開始擔心。

世燦告訴我今天不吃午餐後，趴在桌上一動也不動。我想如果他不吃的話，我也不可能一個人去吃飯，因爲那是毫無道義的行為，於是我繼續陪著世燦。

「人都有可能犯兩次錯！因此請加油！」正當我喃喃自語這次該怎麼講，還來不及開口時，世燦突然抬起頭。

「你快去吃飯！肚子應該很餓吧？」世燦臉上滿是淚痕。

「啊，啊，不，我不餓。」

「我，我現在要來預習今天要教的內容。如果是之前的話，我可以不用預習的，但是我今天不能再出現那種悲慘可憐的樣子！」世燦說完就拿出講義，翻開今天要上課的單元。

「不過，禹守民，我有件事想拜託你，我預習的事可以幫我對補習班保密嗎？」

「為什麼？」

「因爲……」世燦說得吞吞吐吐。

「我知道了！我不會說出去！」我趕緊點頭，其實不需要理由的，只要世燦要我保密，我就保密。

世燦預習英語的時間，我呆呆地望向窗外，沒想到肚子很不會看場合地發出咕咕叫聲，我為了不讓世燦聽到，故意發出拉桌椅的聲音。

不過，今天的天空如此開闊湛藍，氣溫為什麼沒有跟著升高呢？

放學後，我跟世燦一分開，就馬上跑去藍色頭巾炸雞店，但是店門緊閉，裡面看起來也很暗。

我拿出邀請函，把有數字的部分靠近門把，門這次無法打開，看來今天白來了，我在炸雞店門前徘徊了一陣才走回家。

世燦今天的英語考試也搞砸了，因爲他以為會考新單元的單字，沒想到是再考上次的單字。

「世燦為什麼連學過的內容也錯那麼多？他一定是哪裡不舒服，

像是人在頭痛時，腦袋就會變得不靈光。」這次換我深受打擊，所以又去問世燦是不是哪裡不舒服。

世燦告訴我身體沒有不舒服。

「確定也沒有感冒嗎？最近氣溫變化很大吧？每家醫院都擠滿了病人。再不然，你是不是吃了什麼讓肚子不舒服呢？」

「我有吃爸爸公司的競爭對手新口味炸雞，但是那個炸雞應該沒有問題，因為剛上市就大受歡迎。因此已經有許多人都吃過了，如果那個炸雞有什麼奇怪的話，吃過的人應該會反應，大概早就在網路上被罵到臭頭。」

「看來不是哪裡不舒服……那會不會是太累了？世燦你太過認真

讀書了，才會在平時擅長的事情上犯錯！那個叫什麼呢，藝人們常常會那樣，我猜學習應該也會這樣，那個叫什麼？呀，那是什麼呢？」

「倦怠？」

「啊，對，倦怠！你現在會不會是陷入了倦怠期？不用太擔心！趁機休息幾天後，就能夠再次重振精神了！」我真心地說。

「真的是那樣嗎？」

「當然。」

「萬一不是的話，該怎麼辦？我繼續這樣下去的話，該怎麼辦？不，不會的，你說得沒錯！我不能去想不會恢復，如果認為不會恢復的話，就真的不會恢復了。」世燦握緊拳頭說道。

「對！正面思考、正面思考！」

「哇，禹守民，你好聰明！聽你這樣說之後，我好像一下子恢復精神了。」世燦笑著把他的手搭在我肩上，沒想到我居然被世燦說聰明，心情真好，看到他再次露出笑容，更好。

我在夢中哭醒，全身都被汗濕透了。

在夢中天氣炎熱，我的眼前是一大片海洋，現實生活的我根本無法浮在水上，但是夢中的我卻很會游泳，我奮力往前游著，眼前好像出現了巨型烏龜。

烏龜拿著一條紙船，那是一條處處可見的普通紙船。我繼續全力擺動雙臂游向烏龜，仔細一看原來是我摺的紙船，我更靠近後看到上面有寫著文字。

「請給我！我要看我寫的願望。」

烏龜聽到後把紙船往前遞，就在我快要碰到紙船的瞬間，突然一個巨浪襲來並且撲向烏龜，紙船就因此而不見了。

「我的願望、我的願望！」我不停地大聲呼喊著，然後就這樣哭醒了。我好後悔，應該要在海浪撲向烏龜之前加速游過去的，然後用比風還快的速度把紙船接過來。

「哇，今天氣溫會上升到三十三度！守民，你，早餐後也有吃藍色的鯨魚冰淇淋嗎？好奇怪！冷凍庫的冰淇淋，好像，沒有減少呀？」

媽媽歪著頭有點結巴的問我。

「嗯?我擔心被媽媽拿走，所以偷藏在冷凍庫最裡面，然後今天在媽媽起床前就趕快吃掉了!因爲今天實在太熱了嘛!」

「天氣確實很熱，不過你也不能吃這麼多冰淇淋!而且如果真的要吃的話，要不要改吃其他冰淇淋?你的嘴唇顏色也要讓它恢復呀!哎，現在小孩吃的東西是不是放太多色素了?嘴唇藍成那樣是要怎麼辦呀?」媽媽看著我又嘆了口氣。

早餐我就這樣緊張吃完，匆匆出門後，想到今天是八月二十二日，距離九月之前不知道還有幾天會超過三十度?說不定今天就是最後的機會?也許因為昨晚夢到奇怪的夢，我的心情很沉重，擔心藍色頭巾

在我的嘴唇復原前就消失了？就像夢裡被巨浪捲走的紙船那樣，藍色頭巾如果不著痕跡地消失，我就大事不妙了。

我趕在上學前去一趟藍色頭巾炸雞店，雖然很早，但是店裡的燈是開著的，我趕緊拿出邀請函靠近門把，但是門卻依然沒開。

「難道？」我查了氣象，目前二十五度因爲時間太早，氣溫還沒上升。

第二次的炸雞

我走進炸雞店，看到藍色頭巾正在慢吞吞地忙碌著。

「時間一到九月，這棟建築就會被拆掉！而且可能比預期還快幾天，因為聽說設計圖快完成了，所以有可能會提前動工！我不知道九月前還可以讓你吃到幾次炸雞，但是你一定得吃到五次才行……不知道是否順利都能吃到？如果無法吃到五次的話，願望就無法實現，所以我動作要快一點才行！一天其實也可以吃兩次，不如今天你就吃兩次吧！你，兩次應該吃得下？你吃完後，如果還可以繼續吃的話，最好再吃第三、四次，但是會不會太勉強了呢？」藍色頭巾問道。

我沒有一次吃過兩隻炸雞，所以不知道自己是否可以吃得下，再吃第三隻、四隻的話……光用想的就感覺到肚子撐爆了。

「為了讓你可以更快速地吃炸雞，我特別改良了醬汁！你看看我的臉，皺紋是不是更深了？我真的花了很多心思在開發醬汁，感覺自己突然一下子就老了好多。」藍色頭巾指著自己的臉，看起來皺紋好像更多了，但又好像本來就這麼多。

「你有看到水槽上的瓶子嗎？那是從只有長在海底深處的海藻所製造而成的粉末，只要調配的比例好，就會讓炸雞更加美味！這是我辛苦好幾天才開發出來的醬汁，希望這次比之前的更好吃！好，你快去吃看看吧！」藍色頭巾指了指販賣機。

從販賣機取出來的炸雞，上面淋滿藍到不能再更藍的醬汁，看起來讓人不安的色素，加上聽到可能提前拆除這棟建築的焦慮，讓我的內心有各種的掙扎。

「如藍色頭巾先生所說，我的嘴唇能恢復原本的顏色，對吧？」

「必須等你的願望實現之後，我才可以安心地回去家鄉！你不要浪費時間擔心了，快吃！雖然由動作慢的我，來催人快點是有點奇怪，不過這次時間太過緊迫了，連我也不知不覺說出這些話了。你就快點！快吃吧！」藍色頭巾再次催我。

我深吸一口氣之後，開始吃起藍色頭巾炸雞。

炸雞香噴噴，同時又甜中帶辣，看來這幾天研發是有成果的，炸雞果然比上次更加美味，我手忙腳亂地快速吃完一份炸雞。

「味道如何？」藍色頭巾問道。

「真的超好吃。」

「很好入口吧？」

「對。」

「很好！那你再吃一隻，我馬上做好！」

我聽到立刻抓住挪動了一下身體，正準備站起來的藍色頭巾。

「是很好吃！但是我太飽了，已經吃不下了。」我邊說還邊打了一個飽嗝。

「是不是鮑魚粉放太多了？那確實讓人容易產生飽足感，看來下次我要少放一點鮑魚粉。」藍色頭巾說。

我稍微在店內休息片刻，等消化一些後，才從藍色頭巾炸雞店走出來，同時世燦傳了簡訊過來。

看到訊息寫要踢進兩球時，

明天有足球比賽。
我也會盡可能傳球給你，
你要踢進兩球喔！

早上十點在體育公園運動場集合。
另外，今天是我爸生日，
我要去餐廳吃晚餐，
今天不能去補習班了。

我突然很激動，因為我竟然對這麼善良的世燦說謊，真的很抱歉。

「你今天也吃冰淇淋？」媽媽一看到我的藍色嘴唇就緊張地問，而且說她太生氣了，要投訴冰淇淋公司使用危險的色素。

「媽媽，那是我吃冰淇淋上癮，吃太多才變這樣的！他們公司沒有錯，拜託你不要那麼做，明天起我不會再吃了。」我搓著雙手向媽媽求饒。我想到冰淇淋公司收到投訴絕對不會沒有回應的，萬一他們公開保證沒有添加任何色素的話，我就慘了。

「好，那我們約定絕對不能再吃了！如果你沒遵守約定的話，我就把你的嘴唇拍照上傳到冰淇淋公司的網頁。」媽媽轉為恐嚇我。

我感到更加焦慮了，即使今天很飽，早知道也應該撐著肚子吃下兩隻炸雞才對。我突然感到非常後悔，只能再次查詢天氣，所幸接下來幾天都是大熱天。

第二天，我從早上一起床就已經汗流浹背。雖然才一大早，但是氣溫已經二十七度了，據說今天最高氣溫會上升到三十一度，雖然令人汗水直流，我的心情卻很好。

體育公園的運動場上艷陽高照，可能是因爲陽光太強，手臂開始被曬得刺痛。

「禹守民，知道了吧？我拿到球的話，你就必須馬上去球門前面等！我會精準地傳給你，然後你一定要進球。」世燦用一邊的眼睛對我眨了一下。

「你們兩人在竊竊私語什麼？有什麼秘密嗎？該不會世燦要幫守民進球吧？」鐘伍突然來到我們身邊說道。

「禹守民，你沒自尊心嗎？每天都等世燦餵你才吃飯嗎？」鐘伍邊說邊笑，我卻因爲要等世燦餵你這句話感到不高興。

「這是心理戰，你假裝沒聽到就好。」世燦勸告我。

世燦和鐘伍進行剪刀石頭布，由我們隊先進攻，比賽開始。

世燦帶著球跑過來，沒想到機會這麼快就來了！我趕緊全速地跑向球門，當我跑到球門前面時，突然轉身一看。

「什麼？」我無法相信自己的眼睛，其他人也通通跑到我們球門那邊，看來世燦的球被搶走了。

「這時候應該怎麼辦呢？」我腦中同時浮現出無數個想法。

「我必須在這裡等！世燦應該會再次搶到球跑回來。」如果跑到對面球門，又再次跑回來會花費太多時間，所以我認為不需要白費力氣，在這裡等就是更好的選擇。

就在這個時候，我看到在我們球門周圍繞來繞去的球，突然飛向天際，當球開始往下落的瞬間……被鐘伍截住了球。

鐘伍一腳踢出去，射門！進球！球穿越球門的正中間後落了下來，鐘伍舉起雙手揮舞著，蹦蹦跳跳地跑過來，還舉起大拇指在原地轉圈圈。

我們隊的守門員景塗用力地將球發出來，大家開始跟著球跑動，世燦跑在最前面，他接著帶球然後加速跑起來了。

我雙手握緊拳頭，深深吸了一口氣，然後瞪大雙眼，視線絕對不離開球。世燦像風那樣帶著球，跑過來……。

「什麼？」我再次無法相信自己的眼睛，世燦居然被從後面跑上來的對方隊員搶走了球，那人搶球後立刻傳給鐘伍，正玩得起勁的鐘伍就像頭黃牛往前衝，帶著球跑向我們的球門。

「世燦，快擋住鐘伍！」不知道是誰大聲喊道。

世燦聽到後立刻跑向鐘伍，沒想到他明明沒有被人撞到，卻突然腳步不穩，身體先是左右搖擺，然後就撲通一聲摔倒了。

「快站起來，世燦，你快起來！」我握緊拳頭大喊，因為如果他

馬上站起來跑過去，絕對可以輕鬆跟上鐘伍。

但是世燦卻搖搖晃晃地站起來，就像身體不是他的那樣，不順暢的扭動，接著又如同慢動作影片似的拍拍手掌再拍拍膝蓋。

就在這段時間，鐘伍已經再次射門。

守門員景塗整個人都飛了起來，就在景塗以為自己將要擋住球的瞬間，球卻從他的手掌反彈出去，還從旁邊轉了個彎，快速地溜進球門內，最後比賽以二比零結束。

藍色越來越淺的嘴唇

深受打擊的世燦，比賽一結束就想馬上回家了。就算我跟他說要買便利商店的炸雞請他吃，他還是默默地轉身離開了。

「禹守民，你別再擔心我了，先去看醫生吧！你的嘴唇還是藍色的，應該是身體哪裡出問題了。」世燦即使現在內心亂成一團，依然替我擔憂。

我趕緊走進旁邊的廁所。

「天呀？」我站在廁所洗手台前，看到鏡中的自己嚇了一大跳，嘴唇的藍色越來越淺了，雖然還是湛藍色，但是確實變淺了。

「這是怎麼一回事？我的願望不是正在實現中？是不是就快實現了，所以顏色才會慢慢地變淺？可是我的願望到底是什麼？」如果願望正在實現中，周圍應該會發生什麼變化才對，但是並沒有什麼特別的事情發生。

「難道是我沒有察覺嗎？」我立刻查詢氣象，目前氣溫三十度，我迫不及待汗流浹背地跑去藍色頭巾炸雞店。

「喔？嘴唇顏色變淺了？看來你的願望正在實現中！」藍色頭巾

露出滿意的笑容。

「你說我的願望正在實現中？可是有點奇怪……」

「奇怪什麼？」

「如果願望正在實現中的話，不是應該有什麼改變嗎？例如說求財的話，就會開始變有錢，希望很會讀書的話，成績就會漸漸變好，不是嗎？」

「一定有什麼變不同了。」

「沒有，完全沒有。」

「是這樣嗎？嗯……咳。」藍色頭巾稍微摸了一下他那寬厚的下巴，乾咳了一聲。

「那還有什麼方法嗎？看來要趕緊來吃第三隻炸雞！我又進一步改良了第三隻炸雞的醬汁，之前搭配海藻類的味道很棒吧？而且這次我減少了讓人容易飽足感的鮑魚粉！不過鮑魚粉也不能完全不放，因爲它不但富含營養又能提味。」藍色頭巾在瓦斯爐上擺好湯鍋，打開火後接著用木勺開始慢慢攪拌湯鍋，一邊說著一邊把炸好的炸雞均勻地淋上醬汁。

不久之後，我就從販賣機中取出了炸雞，顏色比第二隻炸雞更深了，這次的味道更是妙不可言！剛入口就在嘴裡漸漸地融化。

「要再多吃一隻嗎？」藍色頭巾問道。

「好！請再多給我一隻。」

「很好，很好！看來我這次辛苦的研究有成果了。」藍色頭巾伸展了一下寬大的肩膀後，開始做第四隻炸雞。

「好了，這是第四隻炸雞。」藍色頭巾大喊。

第四隻炸雞也是入口即化，我一口氣吃完兩隻炸雞後，立刻打了一個大大的飽嗝。我在吃的時候沒察覺，但是一吃完就感覺實在太撐了，飽到我暫時無法站起來，我乾脆雙手攤開趴在桌上休息，看著藍色頭巾洗碗的背影。

「藍色頭巾先生！我有一件事情很好奇。」

「你說說看。」藍色頭巾回頭看我一眼。

「請問實現我的願望，對藍色頭巾先生有什麼好處嗎？您說過身體是從原本綠色變成了黑色，照理來說您應該可以繼續活到黑色身體變成白色吧？不過環境污染讓生存條件變得很危險……應該怎麼說呢……對了，您所剩的時間應該找有趣的事情來做才對呀？為什麼要費盡辛苦來到這裡呢？」

「我生活的村落水質已經變得太髒！應該無法再多活數百、數千年了……那麼對你來說，有趣的事情是什麼呢？」藍色頭巾反問。

「就是……」因爲太多有趣的事情了，我反而一下子不知道該如何回答。

「我出生在願望村，願望烏龜們幫助人們實現願望就是最有趣的事情！也是最開心的事情！你還是飽得站不來嗎？等我洗好碗筷後，就要開始研究下一次的醬汁了！你看今天的天空，明天好像也會超過三十度，這次天氣有幫上忙，真的太幸運了！雖然這棟房子就快被拆掉，但是目前看來還有餘裕吃炸雞。」

「那我可以再多問一個問題嗎？」

「好。」藍色頭巾把濕濕的手在圍裙上稍微擦了擦。

「你為什麼總是穿著黑色衣服？因爲最近流行嗎？」

「這跟流行完全沒關係，穿黑色衣服的原因是因爲我是黑色烏龜！之前我是綠色烏龜就只穿綠色衣服，雖然我很適合穿綠色或黑色衣服，但是我也會好奇自己穿白色衣服的樣子！不過以目前環境來推測，我似乎是永遠看不到了。」藍色頭巾走到鏡子前，出神地看著鏡中自己的模樣。

「那，可不可以，讓我最後再多問一個問題？」

「可以！現在要吃的炸雞只剩下一隻，你還想知道什麼，就在吃之前問吧！」藍色頭巾咧著嘴笑。

「為什麼是炸雞呢？我雖然算是喜歡炸雞，但是說真的也不是最愛的食物。」

「是喔？」藍色頭巾原本就很大的眼睛瞪得更大了。

「真奇怪！我還以為你很愛炸雞。寫著你的願望那艘紙船，你還記得吧？那張紙上有畫炸雞呀！如果讓你看願望是被禁止的，但是你可以看紙船的其他部分！你看炸雞圖案旁邊寫著『好吃的炸雞，每天都會想到的炸雞，即使睡著也想吃的炸雞』這樣的句子。」

當我聽到藍色頭巾說的話後，好像想起了什麼，這句「好吃的炸雞，每天都會想到的炸雞，即使睡著也想吃的炸雞！」這句話好像在哪裡聽過。

改變了的同學們

「這週六有誰要踢足球？」鐘伍走到教室前問道。

「為什麼是鐘伍你在問？」

一直以來問大家要不要足球比賽的人都是世燦，他先詢問大家的意見，再找到適合的場地後，便會傳簡訊通知大家。之前都是這樣的模式，但是現在卻是鐘伍站出來主導。

「我問不行嗎？有什麼理由不行？你說呀！」鐘伍狠狠瞪著我。

「因爲一直都是世燦在做，所以應該繼續由他做。」認真想一想，確實沒有理由不可以。

「哪有這種道理？你說說看爲什麼必須由世燦繼續做。」鍾伍緊咬著我的說詞，繼續追問。

確實沒什麼理由非要世燦繼續做，我望向世燦，他雖然直挺挺地坐著，但是頭垂得很低，我看著嘴巴緊閉的他，鼻頭酸酸的。

鍾伍一定是到處炫耀自己上週踢入兩顆球，才會想在同學們面前彰顯他的足球能力。

「誰來做不都一樣？鍾伍也可以做呀！老實說上週看到鍾伍踢足球，應該比世燦更厲害吧？」景塗插嘴說道。

「真假？鐘伍真的比世燦更強嗎？世燦可是足球之神呀！」不知道是誰發問道。

「千真萬確。」景塗加重語氣說道。

這樣一來就連對足球不感興趣的同學們，也開始在世燦和鐘伍之間來回看個不停，鐘伍則是盡可能的抬高肩膀，連下巴也用力上揚，那模樣真是太目中無人了。

其他同學搞不清楚狀況就算了，但是景塗不應該站在鐘伍那邊，他應該站在世燦這一邊才對！因為景塗並不擅長踢足球，而且不只足球，只要球類運動都不行，躲避球不行、棒球也不行。因此當同學們在踢足球、玩躲避球或打棒球的時候，他只能在旁邊閒晃，用羨慕的

眼神看著大家。

不擅長球類運動的景塗心裡也想踢足球，但是沒有人想跟他一起踢，這是理所當然的事情，因爲如果跟他同隊就很容易輸。

那時只有世燦開口約景塗一起踢足球，世燦安排景塗當守門員，而且下課時間還陪著景塗一起練習，當初是世燦幫助他成為守門員的，就是因爲這樣他才能成為超會擋球的守門員。沒想到他居然這麼做！背叛者！

「所以說就算跟前國家代表選手學習踢足球，也不一定會踢得很好喔！」鐘伍聳了聳肩說道。

就在這時候，世燦突然用莫名的眼神望著我。好像在懷疑我，猜測是不是我讓鐘伍知道他有跟前國家代表選手學踢足球。

我感到一陣驚慌，正當我要打手勢跟世燦說絕對不是我的瞬間，他轉頭看往另外一邊了。

「不，不是我！我沒有對鐘伍說過。」我走向世燦，悄悄地說。

「不然會是誰？我在那裡學踢足球的事情只有你知道。」世燦的聲音冷冰冰的，看來他完全不相信我說的話。

週六要踢足球的同學們全跑去找鐘伍了，甚至連其他班的同學們也來找他。

我疑惑著世燦只有上週沒踢好而已，事情居然變成這樣？不論多麼會踢足球的選手，也是會出現一兩次的失誤呀！去年世界盃的時候，也有位選手踢出烏龍球，世界級的選手都可能會犯錯了，世燦失誤也是理所當然的事情。

「這次是在學校的足球場，體育公園的球場上有太多人了，有點不方便。」鐘伍任意改變了場所。

「學校？」景塗好像要說什麼似的，看起來不太滿意場所。

世燦會選體育公園是有原因的，因爲場地位於中間地段，可以方便大家集合，尤其對於景塗來說，來學校太遠了。

沒多久，要踢足球的同學們把鐘伍圍成一圈。

「這群背叛者。」我低聲說完後緊咬著嘴唇。

不過越想越奇怪，只不過一次沒踢好而已，同學們就這樣冷酷無情地離開了嗎？再認真想一想，我們班同學的行為好像也都改變了。以前世燦身邊總是圍繞著一群人，並不是有什麼特別事情才圍過來，而是世燦就像天生的明星，總是很受歡迎。

才幾天的時間，我再也沒有看到那樣的場面了，世燦身邊只剩下蚊子嗡嗡叫地飛來飛去。

放學了，世燦第一個走出教室，我看到也趕緊拿起書包跟上去。

「禹守民。」鐘伍突然攔住我。

「什麼事？」我學他抬起下巴問道。

「我有事要問你。」鐘伍帶著我往廁所方向走。

我真不懂他為什麼每次有話要說都要去廁所？明明隨便找個地方站著說話就可以了。

「你，是不是去了那家炸雞店？」鐘伍問。

「什麼炸雞店？」

「就是學校對面巷子裡的那棟三層樓，頂樓最近開了一家店！你不要說你不知道，我親眼看過你走進去！那邊每天都大門緊閉，你到底是怎麼進去的？我也想吃那家炸雞！快告訴我方法吧！」

他是什麼時候看到我走進去的？

「是藍色頭巾炸雞店對吧？」

「嗯，對！藍色頭巾炸雞店，不過你是怎麼知道世燦有去上前國家代表選手開的足球教室？」

「我現在是在說炸雞，你為什麼突然問這個？我不能告訴你吧？這可是秘密吧。」鐘伍露出令人討厭的笑容說道。

「那我也不能告訴你吧？這可是秘密吧。」我學他的話一說完就馬上衝出廁所，我一路跑到校門口，可是已經找不到世燦了，打電話給他也沒有回應，傳簡訊也是，不管等多久，都沒有收到回覆。

我沒有跟鐘伍說過足球教室的事情。

不可以實現的願望

我沒去踢足球，世燦也沒去，昨天一整天世燦一句話也沒跟我說。

「我明白世燦為什麼不說自己有去足球課的事情，因爲他早就知道會被像鐘伍這樣的同學冷嘲熱諷！只是鐘伍到底是怎麼知道的？」我很想馬上打電話給鐘伍問個清楚，但是他不可能輕易告訴我，或許我應該先問他怎麼知道我有去藍色頭巾炸雞店。

「今天好熱喔！但是為什麼沒有超過三十度呢？」我望向窗外，

仰頭遠眺遙遠的藍天，今天是二十九度。

過了今天，八月就只剩下兩天了。

我嘴唇上的藍色越來越淡了，看來這是我的願望正在實現的證據，但是我的願望到底是什麼？明明什麼也沒有改變。

我又查了氣象，目前二十四度，不過下午兩點氣溫會升高到三十一度。

我打算不吃午餐，因爲要吃藍色頭巾炸雞的話，先餓一下肚子可以吃比較多。

「禹守民，你為什麼不吃？啊，是不是爸爸已經跟你說了？」媽媽說。

「說什麼？」

「今天爸爸說要買炸雞！你知道那位張老闆吧？每天穿黃色工作服的那位，你以前不是還叫他黃色老闆？」

咦？黃色老闆，我好像在哪裡聽過。

「想不起來嗎？就是那個每天都會想到的炸雞，即使睡著也想吃的炸雞呀！媽媽之前參加那家店辦的活動中了獎，我們因此免費獲得五隻炸雞！還收到好幾本宣傳炸雞的插圖小畫冊。」

「啊！我想起來了。」我想起來那天午餐吃炸雞、晚餐吃炸雞，隔天早上又是吃炸雞的回憶。

守民的房間

當時覺得比起一次就給五隻炸雞，還不如發給我們兌換券會更好，這樣就可以想吃的時候再去兌換。但是黃色老闆卻一次就送來五隻炸雞，還告訴我們原本活動就是這樣規定的。

每天都會想到的炸雞，即使睡著也想吃的炸雞，後來因爲我們常常光顧，所以爸爸媽媽和黃色老闆至今交情都很好。

「不過那家炸雞店不是結束營業了嗎？」我記得應該是去年吧，黃色老闆就把炸雞店關了。

「沒錯！房東當時說要收回那家店！不過這次張老闆在我們花店隔壁棟的一樓重新開張了。」

「啊……。」原本我只是漫不經心地點頭聽著，突然感覺後腦勺像被打了一棍似的，一下子回過神來。

每天都會想到的炸雞！即使睡著也想吃的炸雞！這句話就是藍色頭巾收到的願望紙船上寫的廣告詞！

「沒錯！」我馬上站起來，無數回憶在腦中像播放電影般清楚重現，當時我用黃色老闆送的小畫冊內頁來摺紙船，我還記得在摺紙船時被媽媽罵了浪費。

「紙船是要用不要的紙來摺！你為什麼用全新的紙張來摺？而且還一次用兩張？這種畫冊的紙適合拿來畫圖！我前幾天去學校有看到公告欄上的畫作，世燦真的很會畫畫，你要好好向他學習。」

當時因爲被媽媽這麼說，所以我只用那本畫冊摺了一艘紙船，同時也因爲被罵的關係，讓我更加討厭世燦了。

「天呀！現在該怎麼辦？」由於我突然清楚地想起來，當下那個寫在紙船上的願望，我朝著天空大喊。

「什麼怎麼辦？」媽媽問我。

「世燦。」

「世燦？為什麼突然提到他？」

「天呀，糟糕！大事不妙！我闖禍了。」

我跑出家門，一路跑到藍色頭巾炸雞店，我想跟藍色頭巾說我不想吃第五隻炸雞了！還有，我希望世燦和我都能夠復原！如果我吃了

第五隻炸雞，就真的大事不妙了，如果我的願望完美實現的話，世燦會變成怎樣呢？我才吃了四隻炸雞，他就已經變成那樣了！

現在是下午一點，氣溫是二十八度，藍色頭巾炸雞店大門緊閉。

「我當初為什麼會寫下那種願望呢？」我一邊拉扯著自己的頭髮一邊喃喃自語，縮成一團坐在店門口，打算等到氣溫三十度。

當時那正是我最討厭世燦的時候，聽到他說我傻頭傻腦後的隔天，偏偏那天媽媽又把我拿來跟世燦比較。

超過兩點了，我試了好幾次用邀請函上的數字靠近門把，但是門依然紋絲不動，看來氣象顯示下午兩點是最高溫根本是無稽之談。

「如果今天沒超過三十度，萬一明天跟後天也沒超過三十度的話，該怎麼辦？」一想到這裡，我的眼前一陣昏天暗地，這樣一來就無法見到藍色頭巾，無法見到藍色頭巾的話，所有事情就無法恢復原貌了。

我望向遙遠的天際，漂浮在天空的白色雲朵看來就像那艘寫著願望的紙船。

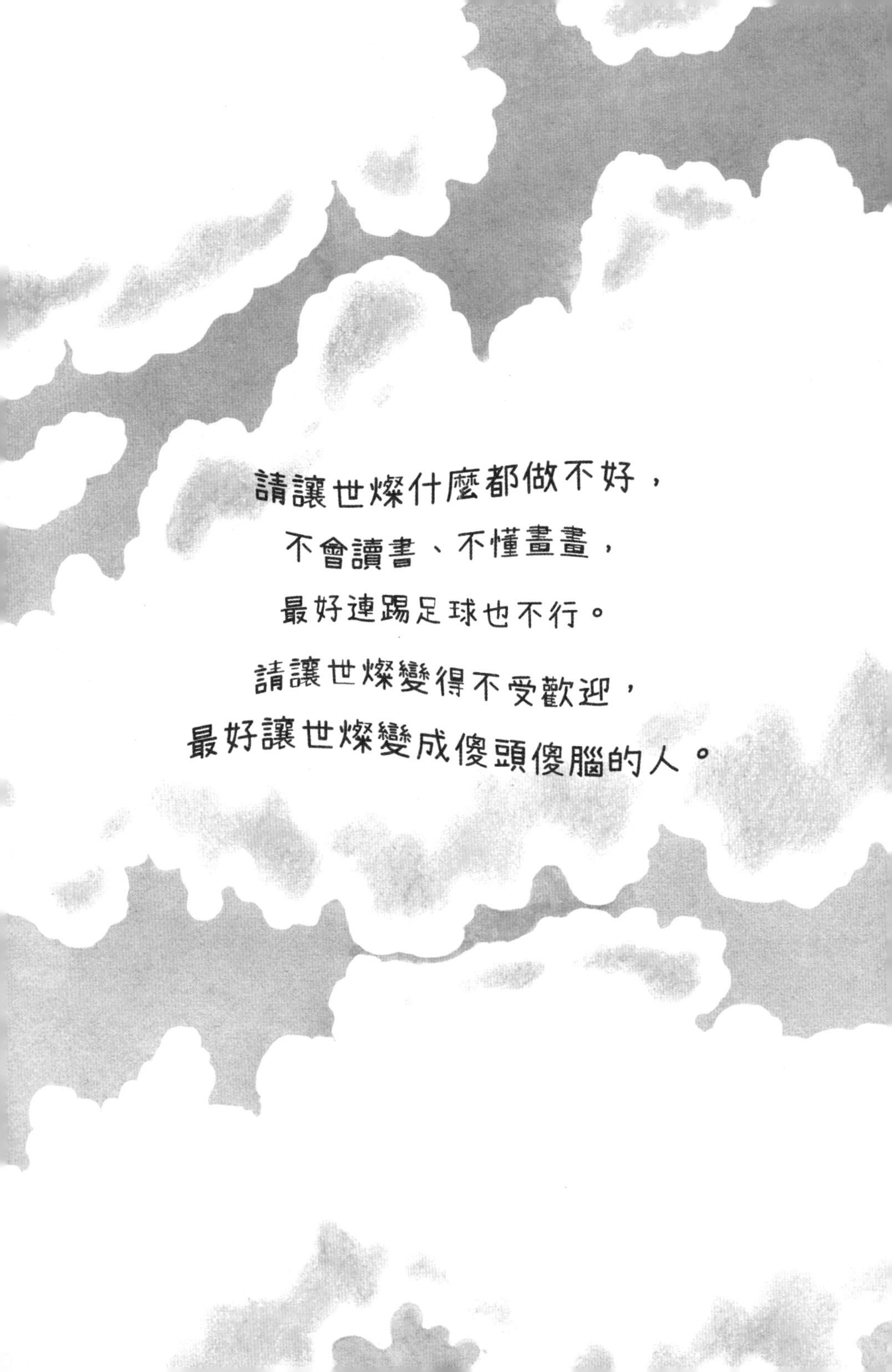

請讓世燦什麼都做不好，
不會讀書、不懂畫畫，
最好連踢足球也不行。
請讓世燦變得不受歡迎，
最好讓世燦變成傻頭傻腦的人。

請讓我退回願望

今天是八月三十一日，八月的最後一天。

「怎麼辦……。」我起床後馬上打開窗戶往外看，外面正在飄著雨滴。

擔憂如同海浪襲來，上個週末我都沒見到藍色頭巾，因為氣溫都沒超過三十度，所以門就是打不開。

當我準備好要去上學時，雨滴已經變成了雨柱，甚至還颳起了風。

「氣候的變化也太誇張了，今天根本就是冬天！啊，好冷！」媽媽邊說邊穿上長袖襯衫。

「我為什麼要寫下那種願望，我居然祈求別人變得不幸！啊啊啊……」我後悔莫及。

「原來是因爲我的關係，世燦突然擅長的足球也踢不好了，數學也解不出來答案，英語也變差了，甚至連其他同學好像也都不再喜歡世燦了！現在完全沒人會去找世燦。」我邊想邊走出家門，迎著風雨往前走，忍不住流下懊悔的眼淚。

我嘴唇上的藍色只剩下淡淡的顏色了，其實事到如今我覺得嘴唇已經不再重要！說真的，如果一輩子嘴唇都維持藍色也沒關係。

「世燦！」我發現有人慢慢地從旁邊走過，一看原來是世燦，不知道他是沒聽到我在叫他，還是假裝沒聽到，總之他沒有回頭。

我在到學校之前，匆匆又先跑到藍色頭巾炸雞店。

「藍色頭巾先生，我有話要說，拜託您開門！藍色頭巾先生！」

但是不管我再怎麼敲，門依然沒開，拿邀請函試了又試也沒用。

「看來我到死之前，都要對世燦懷抱歉疚的活著。」我低聲說道。

世燦之所以能夠什麼都很強，那都是他努力的成果！他很會踢足球，是因爲勤奮練習；學業成績好，是因爲用功讀書；受大家歡迎，是因爲他總是主動關懷並實際付出照顧他人。而我竟然只是因爲討厭世燦就輕易寫出那種願望！我覺得自己真的是全世界最壞的小孩。

我一到學校，就心情低落的趴在桌上。

「禹守民，你沒事吧？人如果不舒服，要不要先回家？」老師搖了搖我的背，我只好勉強抬起頭。

「天呀！你這蒼白臉色！看來你很不舒服，還是快回家吧！」

我無力地搖了搖頭後再度趴回桌上，我感覺一大堆憂慮在我頭頂上，並且正在用力地把我往下壓。

「也對！雨下得這麼大，回家路上淋到雨反而更不好！這樣好了，你去保健室吧。那個世燦，你扶守民去一趟保健室！守民你記得要跟校護說一下哪裡不舒服。」

我就這樣被世燦攙扶著走去保健室，我原本打算趁機跟世燦說自己絕對沒有說出足球教練的事情，但是現在這些事情都不重要了。

我躺在保健室的床上，我好像發燒了，肚子也跟著好痛！我猜測可能因爲心太痛、太傷心了，身體才會這麼不舒服。不過吃了退燒藥後，沒躺多久我就睡著了，不知道睡了多久，我突然因爲太熱而醒來，我掀開蓋到頭頂的棉被，窗外一片光亮，原來是雨停後出太陽了。

「真是的，這種天氣變化也太大了吧！就是這樣才會有很多小朋友感冒，你現在看起來很熱，有好一點嗎？剛量體溫是有稍微退燒了。」校護摸了摸我的額頭問道。

「現在外面很熱嗎？」我還沒有完全醒過來，我慢慢下床走去打開保健室的窗戶，一陣熱風迎面吹來，熱氣一下子充滿了房間。看來熱度這麼強，氣溫應該有超過三十度！我的心跳突然加速。

「你沒事了的話，就快回教室吧！不過現在已經放學了！我看你非常難受痛苦的睡了好幾個小時。」校護告訴我。

我回教室拿了書包後，馬上跑去藍色頭巾炸雞店。

汗水如雨水般往下流，我拿出邀請函把數字靠近門把，這次門鎖喀擦一聲就打開了。

「歡迎光臨，早上雨下得那麼大，我還很擔心呢！不過現在你可以吃到第五隻炸雞了，太好了！」

「不行！出問題了！請讓我退回願望！那個願望絕對不可以實現！」我抓住站在廚房的藍色頭巾的手，氣喘吁吁地說道。

「你在說什麼？只要吃完這隻炸雞，你的願望就要實現了。」藍色頭巾的口吻聽起來有點生氣。

也是，他花了三年的時間從那麼遙遠的地方，費盡千辛萬苦來到這裡幫助我實現願望，如今聽到我這樣說會生氣是理所當然的。

「即使你生氣也沒辦法，不管怎樣，那個願望必須取消！」我堅定地說。

「藍色頭巾先生！」

「好了，你快去販賣機取出炸雞吧！」

「藍色頭巾先生，真的非常對不起！真的很對不起！我不是許願要變有錢人，也不是許願要什麼禮物，讓你為了幫助我實現願望，大老遠地來到這裡，我真的真的非常對不起。」我恭恭敬敬地雙手合掌說道。

「快吃了第五隻炸雞吧！我吃了許多苦，好不容易等到今天，之前也跟你都說過了，你不也很清楚嗎？雖然我不知道你為什麼突然改變了心意，但是取消願望這件事情，我是絕對不可能答應的。」藍色頭巾用力地搖了搖頭。

「我真的不能吃！真的對不起！我真的真的非常對不起！」

「你不要只會說對不起！不然說說看你不能吃的理由是什麼？你應該知道今天是最後的機會了吧？過了今天就不可能實現願望了！我聽說明天這裡就要被拆了。」

「我知道。」我頭壓得低低的。

「如果你不吃的話，你的嘴唇就不可能完全恢復原貌！這樣你也沒關係嗎？」

「現在我的嘴唇不重要了，這種樣子我可以接受！」我猛然再次抓起了藍色頭巾的手。

最後的炸雞

「拜託你幫幫我！我後來跟世燦變成好朋友，發現世燦真的是很好的人！他為了得到好成績，所以非常努力學習；他為了踢好足球，持續到足球教室練習；其他人都在玩的時候，他都在默默努力。因此他不能因爲我的關係而變成什麼都做不好的人，甚至不再受歡迎。」

我更加用力地抓著藍色頭巾那雙厚實寬大的手。

「第五隻炸雞要吃不吃，你自己看著辦！但是重點是你吃四隻炸雞期間所發生的事情，是不可能倒退回去的。」藍色頭巾用力地搖了搖頭。

「那麼，世燦會變成怎樣？」

「那你當初為什麼那樣虔誠地許了那樣的願望呢？」藍色頭巾皺起眉頭問我。

「我不是說了，我那時候討厭世燦是因為他說我傻頭傻腦，所以當時我才會非常討厭他。」

「你當時應該是努力改變自己，讓別人不會再說你傻頭傻腦才對，竟然許下那麼糟糕的願望？我現在知道事實後大受打擊。住在我們願望村的願望烏龜們幫助過許多人實現願望，我們也因此而感到滿心愉悅！只是我從沒想過在願望之中居然有這種？我真是做夢也沒想到，怎麼會有這種誠心許下讓別人變不好的願望？」藍色頭巾把頭上的頭巾勒得更緊之後，他深深嘆了一口氣，接著雙手抱胸，看向陽光普照的外面。

「對不起。」我真心誠意地道歉。

「這次說不定是我生命裡的最後一次的旅行，沒想到不僅無法帥氣地幫助他人實現願望，還發生了這種事情！」藍色頭巾的嘆氣聲大到彷彿可以讓天花板塌下來。

「非常對不起。」我的頭壓得更低了。

「藍色頭巾先生，我如果像現在這樣跟世燦再也不說話的話，我會傷心到活不下去的！拜託你幫幫我！甚至我的嘴唇顏色再變得更藍也沒關係！請讓世燦恢復成原本的模樣吧！」我的淚水像斷了的珍珠項鍊，唰一下子全掉了下來。

藍色頭巾坐在我對面的椅子上，一言不發看著我好一陣子。

「我真恨不得就這樣撒手不管了！只是一想到我的最後旅行是這樣結束的，我以後應該也會後悔！還有你現在充滿悔意的道歉，雖然曾經討厭過那個人，但是現在卻比起自己的嘴巴更擔心那位朋友，我也無法就這樣放下你不管……現在，這第五隻炸雞就讓那個叫世燦的孩子吃吧！但是一樣必須在氣溫三十度以上的時候吃，溫度不夠的話就沒用了！等吃完這個炸雞，他就可以恢復原貌了！」

「三十度以上的時候嗎？請幫我包起來，我必須快點拿給他。」

我馬上站起來說道。

「不可以用其他盤子或箱子裝，只有用這個願望烏龜殼裝著吃才會發揮效果。」

我只好用顫抖的手抓起烏龜殼的兩邊。

「不用太慌亂！現在時間才一點，今天要兩點才會到達最高溫吧？如果太過心急而先吃掉炸雞，才真的會大事不妙。」

時間一到，我低頭跟藍色頭巾道別後，快步走出炸雞店，接著我立刻打電話給世燦，和他約在公寓門口碰面。

「拜託，拜託，天氣要這樣繼續熱下去……。」我一邊等世燦，一邊用力地祈禱。

過了一陣子世燦才出現，看到他來了，我好開心的立刻跑過去，直接拉起世燦的手走到旁邊公園讓他坐在長椅上。

「這個。」我把裝著藍色頭巾炸雞的烏龜殼拿到世燦面前。

「這是什麼？」

「藍色頭巾炸雞！你一直很想吃吃看吧？還有世燦……不是我跟鐘伍說足球教練的事！我絕對沒說！世燦你都已經叫我保密了，我怎麼可能說？請相信我。」我看著他的眼睛說道，我希望可以把真心傳遞給世燦。

「我相信你。」世燦小小聲地回答。

「嗯？」

「你不會那麼做的，我說我相信你！而且我從來就沒有懷疑你！

最近我沒跟你說話，放學就直接回家，是因爲我在想自己的事！因為最近自己突然變得冒失，但是我完全不知道為什麼會這樣？」

「真的嗎？」我猛地抓起世燦的手，果然他是很善良的人。

「你是因爲我一直好奇藍色頭巾炸雞的味道，才打包給我吧？你是怎樣買到的呀？不是說要有邀請函才可以吃到嗎？」

「我有去找出邀請函。」

「去哪找？」

「這個之後再告訴你！你快吃吧！」我拿起一塊炸雞往世燦嘴巴塞，墨藍色的醬汁往下滴。

「喔？現在才注意到守民你的嘴唇恢復原貌了！太好了！我一直

很擔心。」世燦開心地撕開炸雞，一邊吃一邊說。

「哇！這超好吃！好吃得完全超過想像！」

我有許多話要跟世燦說，我要告訴他藍色頭巾其實是烏龜，也要說烏龜是為了幫助我實現願望才費盡全力從深海來到這裡。如果我說了藍色頭巾就是那隻找尋兔肝的烏龜的後代子孫，世燦會相信嗎？

還有我也必須告訴世燦，當初我寫在紙船上的願望，雖然很難開口，但是我已經下定決定要誠實地說出來。只有這麼做，世燦才會明白為什麼他會突然變得不一樣。

世燦就這樣一邊說好好吃，一邊匆忙地吃完了炸雞。

我心滿意足地望著世燦，就在他差不多要把炸雞吃乾淨的時候，天空好像又要開始下雨似地暗了下來，我趕快拿起最後一塊炸雞放入世燦口中。

「現在即使下雨也沒關係了。」我望著天空喃喃自語。

「你說什麼？」

「有些事情。」我把手搭在世燦肩膀上，他看著我笑了。

尾聲

我早上走去學校時，聽到藍色炸雞店所在的巷內傳來一陣陣巨響，看來是那棟三層房屋依照規劃好的日期，進行拆除工程了。

「藍色頭巾應該順利地回去了吧？」我很好奇他後來怎麼樣了，希望他已經平安地回家，還有一定要活得長長久久，直到身體變成白色！如果他以後還可以穿著白色衣服，來幫助某人實現願望就更好了，而且希望那個最好是讓他會很開心，能幫忙實現的那種願望。

放學後一到公寓樓下，我就看到信箱裡插著白色信封，打開一看裝著兩封信。

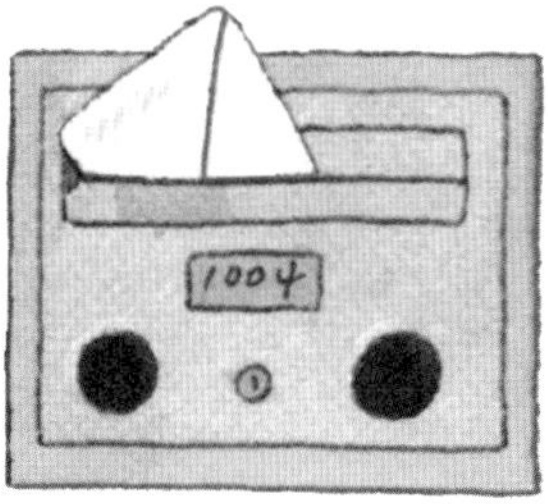

-通知書-

藍色炸雞店結束營業了，
感謝過去這段時間的關照。
附上的另一張紙
是您寄來的願望。

＊備註：我們並不知道您的願望是什麼。

請讓世燦什麼都做不好，
不會讀書、不懂畫畫，
最好連踢足球也不行。
請讓世燦變得不受歡迎，
最好讓世燦變成傻頭傻腦的人。

我打開第二張紙，這張正是寫著我的願望寄出去的老舊紙張。

「啊！」當我打算再次把紙張放入信封的瞬間，我愣住了，原來在紙張最下面還寫著這樣的文字。

我噗嗤笑了出來，如果我吃了第五隻炸雞，或許我可以成為天才少年禹守民，但是我並不想讓世燦變成傻頭傻腦的人，而自己卻成為天才！我把紙張摺好放入信封內，心想我下次要許什麼願望呢？

如果可以讓我變成天才的話，
也請幫我實現這個願望。
想成為天才少年的禹守民。

為了自己可以許什麼願望呢？

我讀國小的時候，有一位超級令人討厭的朋友。他是那種功課好、運動好，不論做什麼都很強的小孩。我跟那位朋友住在同一個社區而且又同班，所以彼此的媽媽也很親近，正因此如此，我們常常被拿來比較。

某一天，我擅自下定決心，跑去在我們社區的後山上，那邊有一株非常老的松樹，因為我聽說連續一百天都去那邊許願的話，願望就會實現。只是一定要半夜去許願才有用，雖然知道危險也感到不安，但是我打算要去那株松樹下許願。

「請讓那個人成為什麼都做不好的小孩，請讓他變愚笨。」我原本打算要這樣許願。不過，大家知道後來發生了什麼事情嗎？

我在摸黑去後山的路上看到了那位朋友，原來他都凌晨就起床運動了，運動結束後他就坐在松樹下吹著涼爽的風看書，因此我就偷偷地躲起來觀察他，發現那個朋友總是都在相同時間出門運動和看書，遇到學校要考音樂的前一天，他還會加倍努力練習。

「如果我真的做那樣的一百天許願，真的就太糟糕了。」我決定改變一開始所想的那種願望，而是改成許下讓自己成為那種做什麼都會全力以赴的小孩。

你們猜後來又發生了什麼事？從那個願望改變之後，我跟那位朋友都一起凌晨出門運動和看書，還會一起練音樂，當然也一起畫畫和討論作業。

那我最後到底有沒有成為做什麼都很厲害的人呢？其實並沒有。不過，我們因此成為好朋友。也許正是因爲那段時間認真讀書的關係，我現在才可以成為作家，才能夠介紹藍色頭巾烏龜的故事給大家。

請問大家也有討厭的朋友嗎？會希望那位朋友什麼都做不好嗎？如果你也有這種想法，要不要試試看改變一下心態呢？不要許願讓那位朋友變不好，反而是許跟自己相關的願望呢？說不定就會奇蹟般地發生更多好事情。

知道如何實現願望的童話作家**朴賢淑**

故事館 052

奇怪的邀請函2：奇怪的藍色炸雞

이상한 초대장 2 파란 두건 치킨의 비밀

作　　者　朴賢淑（박현숙）
繪　　者　鞠敏智（국민지）
譯　　者　劉小妮
責任編輯　蔡宜娟
語文審訂　張銀盛（台灣師大國文碩士）
封面設計　張天薪
內頁設計　連紫吟．曹任華

出版發行　采實文化事業股份有限公司
童書行銷　張惠屏．張敏莉．張詠涓
業務發行　張世明．林踏欣．林坤蓉．王貞玉
國際版權　劉靜茹．陳鳳如
印務採購　曾玉霞
會計行政　許俽瑀．李韶婉．張婕莛
法律顧問　第一國際法律事務所　余淑杏律師
電子信箱　acme@acmebook.com.tw
采實官網　www.acmebook.com.tw
采實臉書　www.facebook.com/acmebook01
采實童書粉絲團　https://www.facebook.com/acmestory/

ISBN　9786263497139
定　　價　350元
初版一刷　2024 年 7 月
劃撥帳號　50148859
劃撥戶名　采實文化事業股份有限公司
104台北市中山區南京東路二段95號9樓
電話：(02)2511-9798　傳真：(02)2571-3298

國家圖書館出版品預行編目資料

奇怪的邀請函 . 2, 奇怪的藍色炸雞 / 朴賢淑作 ; 鞠敏智繪 ; 劉小妮譯 . -- 初版 . -- 臺北市 : 采實文化事業股份有限公司 , 2024.07
192 面 ; 14.8×21 公分 . -- (故事館 ; 52)
譯自 : 이상한 초대장 . 2, 파란 두건 치킨의 비밀
ISBN 978-626-349-713-9 (平裝)
862.596　113008007

線上讀者回函

立即掃描 QR Code 或輸入下方網址，連結采實文化線上讀者回函，未來會不定期寄送書訊、活動消息，並有機會免費參加抽獎活動。

https://bit.ly/37oKZEa

采實出版集團
ACME PUBLISHING GROUP